母親（少數是父親）的拿手好菜或私房菜是人們回憶往事最常提及的，藉由對獨家口味的描繪，表達對母（父）親與家人團聚的思念。但文集中卻有二篇文章提到母親身體的味道，眞是創意十足。母親身體的汗酸味、香皀味似乎只有兒女擁有這親密的特權，可以藉由味道牽引追憶。天下的兒女們，趕快趁父母親還健在，閉上眼睛把鼻子湊上，讓他們身體的味道留存在我們嗅覺的記憶中。對我而言，這是多麼意外的收穫：用眼睛閱讀，還可以喚醒長期昏睡的嗅覺。

（本文作者爲高雄醫學大學性別研究所副教授，「蒲公英外省女性生活史寫作工作坊」計畫主持人）

【前言】生命，如何作答？

李淑君

二○○八至二○一○年間，我因緣際會，與外省台灣人協會開始合作，並參與其台南地區生命故事書寫的教學課程。三年來北區與南區生命故事課程的累積，就集結在這訴說生命的絢爛扉頁中。

對我而言，課程與作品集的出版，意義不僅止於書寫，更是參與者透過深沉的訴說，延展出生命之間的相互凝視；藉由凝視與互望，我觸到了不同的生命質地，其質感有的粗糙厚重如岩石，有的曲折蜿蜒如小徑，更有豁達開朗如海闊天空，而一切異質且繁複的生命樣貌綿延鋪陳成此書。

翻開稿件的時刻，我彷彿初次乍見，欣喜地重新翻閱作者們筆下的人生。指尖翻閱的過程，觸到字裡行間透露的溫度與無數轉折後的豁然，我就在文字間穿梭，也在這三年的時間裡穿梭；又或者，是在數十年、數十個女人的生命故事裡來來回回，人生因此得以延展，得以迂迴，得以擴大版圖。

輯一

劬勞・慈顏

歲月與時光，寫在記憶的河流與逐漸白首的額頭

光陰的故事

洪秀薇

外婆房間屋頂上那片天窗蒙塵後有點糢糊，微微從窗櫺投入房間的光線也不足夠，因此幽暗角落旁外婆睡覺的那張大床，白天不點燈感覺不太明亮。不過我還是喜歡這個不明亮的房間，賴睡在外婆的大床上，聽外婆講虎姑婆、講牛郎織女、講台灣被日本殖民時期，她如何與外公帶著舅舅、母親一起躲空襲警報。

我喜歡聽外婆講故事，喜歡聽母親年幼青澀的故事。

我沒有見過外公，唯有框掛在牆上的那張相片是我對外公的印象；記憶裡外公的故事都是從外婆跟母親口中聽來的。外婆說以前身體不好，生下兩個舅舅後，她就有慣性流產，得來不易的母親很受大家疼惜，尤其備受外公寵愛。而年長母親幾歲的兩個舅舅，也很疼愛這個妹妹，他們都說我很像年幼時的母親，害羞怕生又固執。

我的確像母親一樣怕生，不過每次跟母親回外婆家，我還是可以搶先在弟妹之前，躡手躡腳地跑到外婆身旁，然後在她耳邊大聲喊：「阿嬤！」我喜歡外婆聽聞我聲音那副開心的樣子，尤其笑開時，那對迷濛不清的眼睛瞬間拉得細細、長長的。

母親說：「外婆年輕時很漂亮」，只可惜外婆年輕時沒有留下相片，但是我相信秀外慧中的外婆一定漂亮，從母親那雙烏黑水亮的眼眸，就可以透視到外婆那張年輕又美麗的容顏。

童年最深的記憶就是外婆房間的梳妝台上常擺著一個糖罐子，裡面總會裝著幾粒我愛吃的糖果；除了覬覦糖罐子裡的糖果，還喜歡慵懶地躺在外婆的檜木大床上，聽外婆說故事。

牛郎織女的故事外婆不知已經說過多少遍，百聽不厭的還有幾段日本空襲時躲防空洞的驚險。外婆說，有一次，她帶著年幼的母親躲空襲，愛哭的母親驚恐啜泣不停，讓她差點被一起躲避空襲的人趕出去。外公聽說後心疼不已，便決定為他寵愛的女兒在自家後院挖一個壕洞；這壕洞就是後來我們玩捉迷藏，從二舅住處的地下室連結到後院的那個防空洞。

房間是否明亮對中年以後的外婆來說沒有什麼差別——在醫學還不發達的年代，不明原因的眼疾讓她的眼睛漸漸失去了光明；晚年過著昏暗的日子，她只能用手撫摸、用聲音來辨別孫子、孫女。總是搶先叫「阿嬤」，喜歡見到外婆驚奇笑容的我，那段記憶在她走後二十幾年依稀還留在腦中。重溫外婆那張大床，回想外婆口中說不盡的童話故事，我有許多不捨；這些不捨幻化成童年的回憶，就像是翻閱一本舊日記，那個愛咬不睡覺小孩手指頭的虎姑婆，也成為我與女兒的一段床邊故事。

祖母的秘密

微光

每個人都有自己的祖母，當然我也不例外。記憶中的祖母，個子矮矮的，裹著小腳，看起來不像和藹可親的老婆婆，倒有幾分威嚴；此外，她還有著根深蒂固的重男輕女觀念，她常對大姊說：「女孩是賠錢貨，讀再多書也沒有用，畢竟要嫁人，所以我不喜歡女孩。」我聽了之後，覺得非常不舒服，從此便對她敬而遠之。

小時候，祖母大多數日子與我們同住，經過朝夕相處，發覺她的脾氣不好，總是對母親百般挑剔，這讓我想起她從不提起祖父——是不是因爲祖母太兇悍，所以祖父被嚇跑了？這個疑惑默存在我心中，始終沒有得到答案。

直到祖母離開人世多年後，和大姊談起這事，她才語重心長地告訴我：「妳不知道，多年前，二伯來台探親，曾談到祖父當年在湖南，到外地工作後，渺無音訊；後來經過打聽，才知道他有了外遇，從此不回家，還跟那位女子生了五個孩子。祖母是愛面子的人，當然不願提起這醜事，只有默默承受痛苦。」

知道了祖母不幸的故事後，才恍然大悟她強悍的個性是由於環境所造成，再加上那個時代的女人要遵守三從四德，生命裡的悲苦，因為命，也因為運。一個奔波地來不及落淚的女人，我不知道她心裡在想些什麼；或許只有她自己明白，唯有逆來順受，才能走出困境。從祖母身上，我學會用耐心、寬容的態度，面對生活中所遭遇的問題和挑戰。

歷經婚變的祖母，含辛茹苦地獨立扶養五個兒子長大，其艱難可想而知。所幸有宗教信仰作為依靠——她是一位虔誠的佛教徒，每天早晚上香、唸經，藉著宗教敬拜的方式，建構生活的精神支柱；並且深信傳統，以信仰的原則處理事情，從而活出了生命的眞諦。

她對子女的管教非常嚴格，還好五個孩子都很爭氣，不但有好成績，更是每學期都得到獎學金，減輕她不少經濟上的負擔；畢業後，他們也都考上公職，使祖母的生活無後顧之憂，我想這應該是她一生中最感欣慰之事。

而大姊也曾經提起，祖母出生的年代，不允許女孩外出求學，讓她覺得委屈；但她是個聰明的女性，當年家中開中藥店，雖然藥品種類繁多，她卻能很快地就把不同的藥放進藥袋裡，分送給顧客，從沒出過差錯。一般人實在看不出祖母是個沒受過教育的人，這分上天賦予她的聰明才能，總是讓身為家人的我們感到驕傲。

走完八十八年人生旅程的祖母，按傳統思維，並沒有什麼豐功偉蹟可以入傳，但是人的一生不就是零碎記憶的組合嗎？每個人的生命都是一篇獨特的樂章，我從她身上所發現的最大感動，就是母愛的偉大，以及在困境中所展現的傳統女性美德。至於她重男輕女的觀念，那是時代下的產物，就讓它隨風而逝吧！

客家奶奶

曾璉珠

我真正的故鄉在廣東梅縣，因梅縣地狹人稠，謀生不易，居民紛紛移往各地，包括南洋及台灣等，所以奶奶在很小的時候便隨家人移民南洋，在當地與同樣是華僑的爺爺成親，並生下了三女兩男——伯父、爸爸及三個姑姑。

命運多舛，爺爺早年病逝，奶奶成了年輕的寡婦，她只好莊敬自強，做點小買賣，以微薄的利潤，拉拔她的兩子三女。

從奶奶口中得知，她無錢供孩子們讀書，常常做些糕餅，叫孩子拿到市場叫賣賺點蠅頭小利，藉以維生。某次，爸爸在叫賣途中，看到別的孩子都能快樂地去上學，唯獨小小年紀的他（約莫十一、二歲），要靠勞力賺錢，在內心不平衡之下，便將頭頂上的糕餅倒得滿地，還用腳踩得粉碎，奶奶知道了，氣得差點吐血，只得徒呼奈何！

南洋生活辛苦，恰好那時的大陸祖國又在向僑胞招手，歡迎他們回國升學就業。年長的大姑姑已在當地結婚，此時，奶奶便帶著年幼的伯父、爸爸及兩個小姑姑回到了祖國的懷抱。

以僑生的身份，伯父和爸爸均進入先總統蔣中正創辦的中央航校（空軍官校前身）就讀，所不同的是：伯父就讀飛行科，爸爸進入機械科就讀。時逢抗日戰爭進行中，伯父在一次執行轟炸任務中，所駕飛機遭敵軍擊落，成了為國捐軀的英雄。因伯父做了烈士，他的兩個妹妹（我的姑姑）也受到了蔣宋美齡女士的妥善照顧，二姑姑進了軍醫學校護士班，小姑姑則進了免費的遺族學校就讀。

正當二姑姑開始擔任護士工作之際，卻罹患了現在看來不算什麼、但在當時卻十分嚴重的盲腸炎，因是時醫術的落後和物質的匱乏，二姑姑在開刀不成功之後，竟芳華早逝。

柔順的大姑姑遠嫁新加坡，溫良恭儉的伯父和二姑姑又先奶奶而去，而留在奶奶身旁的是個性暴躁、孝而不順的爸爸和比較嬌生慣養的小姑姑。造物者是挺愛捉弄人的，難怪我常聽奶奶喃喃自語：「為什麼比較乖的都走了……？」聲音中透露許多無奈。

儘管如此，奶奶還是不服命運的安排，對生命仍然樂觀。她在重慶鄉下的舊居，除了養雞，還種了許多蔬果，有紅豔豔的蕃茄、綠油油的四季豆，奶奶還常常帶我去看她的成果，喜不自勝地像孩子一般天真。即使後來搬到台灣，奶奶也在院中養雞養鴨，過年過節更是蒸糕蒸餅，為我們童年帶來很多溫馨的回憶。

寫到這裡，突然想起一件有趣的事——媽媽過世時，爸爸才三十多歲，不但年輕，且官拜少校廠長，突然搖身一變成了炙手可熱的「黃金單身漢」，家裡因此異常熱鬧起來——從左鄰右舍冒出許多「標梅已過，嫁杏無期」的女人，常常過來看看自己有沒有「機會」。

其中有一個約三十出頭的朱小姐，更是來得勤快，表面上是說來探視我們小孩，三不五時將她編織的手套、圍巾送給我們；其實，骨子裡是想接近爸爸，看看有沒有「補位」的可能，其用心不言而喻。無奈她生得瘦骨嶙峋，黃皮寡瘦，不爲奶奶所欣賞，直說她欠缺福相，故對她甚爲冷淡。

有次，她又登門造訪，奶奶在忍無可忍之下，便對她使出殺手鐧：用「衛生眼」拚命瞪她，在言語上，亦極盡諷刺之能事，她招架不了，只能落荒而逃，從此再也不敢來了。事後奶奶還對我們說：「瞧！我把那個姓朱的狐狸精趕走了，她想做你們的新媽媽，沒有我的允許，休想！」一副勇者無懼、千萬人吾往矣的架勢，現在想來還忍俊不住呢！敢作敢當，奶奶就是這麼可愛！

奶奶身形微胖，因幼年移民南洋之故，平時打扮較西化，沒有綁髻的銀髮，修剪整齊而垂在耳旁，也逃過中國女人的酷刑——纏足，故能健步如飛，生活得健康而自在。

民國六十年，我的長子中中在動心臟手術前夕，奶奶冒著風雨，拿出了自己微薄私蓄裡的壹佰元（那時壹佰元很值錢）來給他，讓我流下感動的淚水；雖然中中後來因手術失敗而早逝，但這分溫情常駐我心，願吾兒在天國陪伴曾祖母。

素患高血壓的奶奶，在一次溫度太高的沐浴中滑倒，引發了腦溢血，藥石罔效，走完了她的人生，享年八十有一。

人有百百種，有的人似乎像啣著金湯匙降生，享盡榮華後，瀟灑地走了一遭人生；而我的奶奶，一個善良、樂觀、勤奮的女人，卻得不到上天的眷顧，早年守寡，中年喪子，嘗盡白髮人送黑髮人的辛酸，對她而言，人生不過是一趟悲苦的旅程。

女人的韌性

潘幗華

「明明是互相關心的母女，就是愛吵嘴。」

吃完晚飯，母親總會帶著憐惜的口吻道出外婆的故事：外婆很會做家事，是個愛作夢的少女，外曾祖母特別幫外婆物色結婚對象，要外婆放棄原本那個她喜歡而且條件又好的人；只因男子願意入贅，除了可留下外婆，家中又多了一位勞動人口。外婆就這樣被決定了她的下半輩子。就算是最疼外婆的曾祖父，也無法改變這個事實。

身體不好的外公，無法從事粗重的工作，整日無所事事的結果是沉迷於賭博。婚後的外婆，依舊過著苦日子，獨立扶養七名子女；要說婚姻是女性這輩子最大的賭注也不為過，婚後的女性除了認命，還是認命。

母親不像外婆受到那麼多傳統社會觀念的束縛，老是往大都市跑，因此很難想像外婆終其一生的活動圈就在新營、鹽水一帶。但也正因如此，外婆扮演了猶如當年外曾祖母一樣的角色，我們和母親的人生處處受到外婆的牽制，成為犧牲品。雖然媽媽在多年後十分懊悔，於事無補，也改變不了什麼，最後她總說：終究，還是自己至親的母親呀！

「媽，那當時最糟的情況是……？」我急於想知道答案。

「印象尚深乁一擺是，母囝兩个中一工只喝一杯五角的豆奶。」

十八歲在美髮店懷抱夢想的少女，揮動著老練的雙手替客人修剪頭髮，一整天不曾彎曲的雙腿，根據不同客人的臉型創造出完美髮型；接近下班之餘，門外依然有人等著六號設計師。來美髮店的多半是想將頭頂上的髮絲打理服貼的女性，但這回不同，是老闆娘介紹的朋友。下班後是她放輕鬆的時間，心情愉悅地走在彰化著名熱鬧的街道上逛街、吃飯，到銀座電影院看電影當然不可少！嘴角得意的笑容頓時灑滿在眼底與心間。

兩人交往還不到一年，家人也還不清楚男方的背景時，她登記入了戶口，沒有正式嫁娶儀式，更無宴客，婚事便算完成，沒多久，長子出生了。

我用現在的眼光好奇地探問著：「兩人相差十多歲，又是養子，又沒錢，妳怎會想嫁他？」在白手起家的年代，男子算是有爲的青年，不能說母親的選擇是錯的，只是老天爺有時也會留一手。

媽媽認爲：「伊做人老實、善良，咱按呢貧窮的家境也好不到哪去。」「那眞的有愛情存在嗎？」我看媽自己也不清楚；「彼時哪知影啥米是愛情，厝裡窮，有一个中肯打拚乁人，就抹歹了。……我不相信，按呢乁人無出頭乁一工。」母親嘴裡這樣說著。

居無定所的丈夫，以販售商品作爲家中經濟收入的來源；爲了就近照顧妻小，轉而在台中潭子的外銷木工工廠工作。一天，公司辦尾牙，喝了點小酒，回家倒頭就睡。隔天早上，幸福的家庭主婦照常煮粥，喚醒丈夫準備上班，才發現：怎麼一點反應都沒有？慌張的請鄰居幫忙送往醫院，不是鄰居們世故沒憐憫心，而是的確無奈：「身體都冷了，沒辦法了！」尾牙前，他就已經在公司連夜加班好一陣子，母親說死因是心臟痲痺，我卻覺得其實就是現代人所說的「過勞死」。丈夫過世時正值壯年三十四歲，稚子也不過才七個月又十天大，二十出頭的母親，專職家庭主婦的美好時光只有短暫的一年多。

有一技之長的母親，決心往後母子要相依爲命過日子。但從事美髮業，無法照顧小孩，於是輾轉在網球拍工廠擔任臨時工，完成一把球拍薪資是四毛——四毛，怎麼夠母子倆生活呢！只好晚上再找工作。帶著嬰兒的女人能找什麼工作？她背著兒子，到大街小巷撿拾廢紙空瓶。冬天的風夾雜著細沙枯葉，一家一家地看，一條街一條街地梭巡；經過一家門口放著人家丟棄卻還堪用的嬰兒手推椅，放置好剛撿拾到的紙瓶，將孩子抱上手推椅上休息片刻，也讓自己休息片刻。曾夢想成爲服裝設計師而參加補習的母親，將朋友轉送的美援物資——一件棉襖，修改到孩子可以穿的大小，還好有它，讓母親不用擔心孩子在寒冷的冬夜裡打瞌睡會著涼。

不曾種過蔬菜的母親，還在鐵路邊的土地上種起菜來。每日辛苦耕耘，看它一天天長大，就如同懷裡的小娃兒一般；吸收了陽光、空氣、水的青菜，一把賣一元，可以讓未滿週歲的孩子喝到子母牌的代奶粉，她開心地盤算著。腰再怎麼痠，腿再怎麼累，也都值得了。到了收成

自奉養，只任由風中殘燭的軀體在孤寂中慢慢墜落；身爲安養院員工的一份子，卻因爲貪圖回扣，所以按月從自家的安養費中抽成。

外婆去世前，有一次我獨自到歸仁探視，由於她神智不清的緣故，以至於躺在隔離病床上還被綑綁起來。

「阿嬤！我是美華。」「誰是美華？妳幫我把繩子鬆開好不好？」

大概是痛苦所致，即使阿嬤不太認得我，仍哀求我幫忙鬆綁，我刹那間跳脫爲人孫女的身分，在進退兩難中掙扎：「要還是不要？」人的尊嚴在病床上似乎顯得微不足道，印象中我尖叫連連，還把看護都引來了。

承襲外婆信仰的媽媽是個超級神力女超人，母親如果要從忙碌的婚姻生活中得到稍事喘息的機會，應該是她與上帝獨自親近的時刻；她的房間經常傳出禱告的聲音，小自對兒女的期盼，大到爲教會的祈求，感覺每經過一次祈禱，她彷彿又有了新的動力往前進。

媽說小時候家裡日子過得辛苦，所以放學後要去田裡撿番薯。在子女眾多的家庭中身爲么女，在爹雖疼但娘不愛的情況下，用辛勤換取外婆關愛，是證明自己價値的方法；爲了感謝外公沒把她送給別人，媽媽始終戰戰兢兢，這也是爲什麼她與外公感情特別好的緣故。

「阿爸！我來看你了！」媽總愛在阿公墳前窸窣一堆，像是要補足以前沒說完的話，正因如此，每年中秋外公忌日前後幾天，我總會帶媽媽去掃墓，緬懷最愛她卻又早早缺席的父親。

好強的媽媽一向以迷倒眾生的本事自豪，但實際上卻是不折不扣「挑到賣龍眼的女人」最佳代言人。記憶中，媽媽最爲津津樂道的是有個富家子弟心中對她的愛慕沒有表白，只好使出最笨的方法，將我那老實的爸爸介紹給媽，看能否運用爸的劣勢凸顯其優點，等到媽嫁給爸之後，富家子弟心中搥胸頓足不已，不過一切已經是枉然！

婚後的媽媽過得其實辛苦，我們一家子先是從爸的鄉下老家搬到台南，再到北部謀生一段時間，不得意之後才又回到外婆家附近定居。無可諱言的，古意人扛不起一家子的開銷，在食指浩繁的壓力下，媽只得做生意賺錢塡補爸開計程車養家不足的費用，而外婆也剛好可以隨時照應小孩子——雖然我知道爸爸最在意的其實是嫁人的媽還顧著娘家。

媽媽做過的生意種類繁多，有賣楊桃湯、自助餐、花格子襯衫以及玉米等……。我對母親的自助餐生意沒印象，但不敢對母親煮的菜品頭論足一番倒是眞的；媽媽的菜總讓我脣齒留香，只是一頓飯菜總要吃上一整天，使得長年住宿在外的我苦不堪言：新鮮與否誠然已成爲我進食的絕對標準，然而放在節儉的天平上，很顯然我是不及格的。

「小皮球，香蕉油，滿地開花二十一，二五六，二五七，二八二九三十一……。」聽著媽逗弄小外甥的順口溜，看她對於教養生出源源不絕的點子，我是佩服得五體投地。兩個妹妹婚後，房子買得離家近，白天，小外甥就由爸媽負責；外甥跟外甥女幼稚園放學後回家，三不五時這個哭那個叫；晚上，兩家子的人還會集合在我家吃晚飯，熱鬧滾滾的戲碼天天上演，只不過搞得住在家裡的人仰馬翻就是了。

相對於母親的能幹，我的儒弱便不見容於她。媽媽自小是我的天敵，對於雙親我心中總有若干畏懼，但很顯然的，母親給我的壓力要比父親來得多。

我在家排行老大，大概是承受了家人比較多的期待，因此耳中熟悉的是責難居多，常言道：「不打不成器」，所以媽媽數學屢教不會的時候，我可是吃足了竹筍炒肉絲，每次都是鄰居們聽到哭聲，連忙勸她手下留情才得以脫身。國中是我的叛逆期，有次媽媽氣瘋了，叫我去住同學家。日子久了，那道隔在我與母親之間的牆只有越來越高。直到高三畢業在即，我淪陷在升學的象牙塔時，常是我寧願啃小說也不願多讀書，才發現爸媽對大學的學費沒著落正焦急，天眞如我後來細細思想，這是一種對子女的未來憂心卻又說不出口的愛。

上大學之後，我便如飛鳥般隨著季節變幻過著南遷北移的生活，這是自己始料未及的。「日久他鄉是故鄉」，嘉義是我僅次於台南待最久的地方，印象中從操場看去的夕陽特別大，用完餐後的我總愛跟同學們坐在操場草皮目送太陽下山；而阿勃勒的落花繽紛鋪滿了心中回憶，滿地的黃色花瓣造就數大便是美的景觀，好不浪漫。

四年不務正業的後果是留放邊疆，我來到了苗栗的傳統客家庄。教會中弟兄姊妹的關懷常溫暖我的心，彈著不成曲調的鋼琴沒人笑我，頂著燙壞的頭髮照樣合影留念。記得跟一夥人到泰安鄉戲水，鄉道旁溪流清澈見底，我突然想起台南老家，也開始爲自己沒有用功讀書後悔。一年後沒能離開語言不通的頭份，落寞如我走在竹南街頭買紅豆餅的當兒，連操著閩南語跟老闆娘攀談幾句都讓我雀躍不已。第三年到了嘉義鄉下，工作之餘多數的時間，常獨自留連於文化中心，生活清新可期。任教五年後我重拾書本，這次來到了彰化，蠟燭兩頭燒的功課壓得我喘不過氣來，然而畢業後沒能如預期到台北，我又回到了嘉義。

工作一年後，我借聘到台南，異鄉流浪許久，回到故鄉是母親永遠的召喚，這樣的塵埃落定只為了讓她放下心上的石頭。再次回到生命的源頭，即使許多地方已不是當年所熟識的，但循著成長的軌跡，很快地就找回了原初的記憶：天氣燠熱沒變，羊腸小徑仍在。

想起阿嬤為舅舅撫養表哥，媽媽為拉近與女婿的距離幫忙照顧外甥，我呢？

「妳下班後早點回來照顧外甥」，第七年了，我依然在距離與親情之間拔河：該為擁有一個人的自由而戰，還是為了親情湮滅內心的吶喊？這次定居多久後會再度離別呢？候鳥不知道……。

老娘

畢珍麗

一堆又白又大的白蘿蔔，老闆插著「一個十五元」的紙板，母親先是要我幫她挑三個，接著她竊喜地貼近我耳邊、小聲地說：「跟老闆殺三個五十元好不好？」這是三個月前發生的事。

兩年半前我離開了職場，那是因爲在幾個夢境裡母親離開了我，我還爲她整衣梳理，那陣子我莫名地害怕失去她，我想再回到她跟前找尋兒時的記憶。母親已經高齡七十六了，隨著歲月的流逝，她的皮膚早就佈滿了所有老人該有的特徵，但這些外在的一切並不使我感到害怕；我喜歡她花白的頭髮，她讓我想起雍容華貴的英國女皇；我喜歡她滿是皺皮的老手，那是一雙化腐朽爲神奇的巧手。在那物資缺乏的年代，母親用最廉價的食材變出美味珍饈。

細想從前，母親總用外婆告訴她的道理潛移默化地教育我，影響我，哪怕我已經年過半百。

從小我就愛動手做家事，弄吃食興致更高，那該是因爲母親說的：「別人鍋裡有一丈得一相，自己鍋裡有一尺就能得一吃，樣樣自己都要學著做。」這句看似平常的俚語，對我和我的

母親

洪秀薇

好久了！沒有這樣靜靜地想著母親，想著過去，想更久遠的事了。

一早沒事，我與母親通了電話，電話裡母親聲音帶點哽咽，低聲地對著我說：「那天血壓過高，差點兒掛了。」

剎那閃過一個影像，驚覺一向健康的母親好像老了！

母親告訴我，不知爲什麼最近這一年來，她走在田埂的小路旁，常常身不由己，一段路以前可以提著重重一簍菜回家，現在總覺得有點喘，有時還要略作休息，等喘完了、休息夠了再走。母親感慨長長嘆了一口氣，接著又說：「阿母眞正老了！不知道哪一天會收到閻羅王的調單。」呵呵一笑後不忘又提醒我：「暑假到了，叫那兩個查某囡有空回來走走，阿嬤很想念她們。」

電話這頭，我聽聞母親這一段話，內心難掩一陣心酸，頓時對我最親愛的阿母，愧疚感油然而生。是的，阿母！我好像又好久沒有回家了！

家，回家的這一段路並不長遠，但是我卻有千萬個理由沒有回家。我的兩個女兒，母親心中乖巧的外孫女，長大後因爲學業等外在事務的忙碌，也已經好久沒有回去澎湖探望外婆了！時間的變遷，人事物的轉換，母親這一番話令我悲從中來，母女親情一海之隔，情見力絀，電話中停頓許久無語言對。

母親二十歲時與相戀兩年的父親結婚，婚後沒多久，大伯母便因病過世，大伯父一個女兒、一個養女就由母親照顧，大伯父則另入贅他村很少回家。母親與父親牽手走過一甲子，那段有爺爺、奶奶，叔叔、嬸嬸一大家族共同生活的回憶，常令她不勝唏噓！年少就承擔家計重責的父親，使母親婚後著實過得辛苦，尤其是在伯父入贅他村、嬸嬸入門後。

母親總喜歡坐在自家的門前與鄰居聊天、說笑。

母親某些方面其實很值得讚賞，勤儉、堅韌、樸實、感性、善良……，做人謙卑有禮，凡事盡可能矮化自己成就他人；但是在另外某些方面，母親卻是儒弱無能的。譬如以媳婦的角色來講，母親就不如嬸嬸市儈——嬸嬸聰明能幹，爲人八面玲瓏，有思想，懂得規劃並爭取個人權益；對比嬸嬸的幹練，不善言詞的母親，爲了維持一個和諧的家庭常常委曲求全，謙卑的個性讓人錯覺母親像隻膽怯的兔子，一旦受傷只會躲在角落裡默默地舔著傷口，暗暗地啜泣。

不知是貧困社會地位價值的關係，還是母親原本生來就這麼儒弱？在一個大家族裡，如果你生性軟弱、不夠堅強，其實生活上很難與幹練共存。

母親就自詡她是「憨蠻人」，她常說：「算了！天公會疼憨子，傻人會有傻福啦！」不會爭辯、不善言詞的母親只會三令五申的告誡我們：「忍一時風平浪靜，退一步海闊天空。」

我不明白母親生命裡的那一片天空是不是眞的遼闊？我只知道她的天空裡會有不定時的風浪。

「嚴以律己，寬以待人。」這句話很適合用在母親身上，她可以隱忍寬待他人，卻無法寬容、放縱自己的子女。她平常不願落人口實，行事作風低調；有一次，弟弟與同伴玩耍，對方蠻橫無理強行霸走玩具，在爭吵中高人一等的弟弟推了對方一把，結果矮小的玩伴摔了出去，跌倒後立刻嚎啕大哭，回家哭爺爺告奶奶，不久他的阿母理直氣壯跑來跟母親理論，口無遮攔的狂罵、詛咒弟弟不受教，恨不得一口把弟弟給吞了。

母親非常生氣，爲了避免衝突加深，便不分青紅皀白地拿起棍子就狠狠抽打弟弟，直到對方滿足閉嘴走後才鬆手。即使我知道打在兒身痛在娘心，當時心疼弟弟被打的我，還是不解爲什麼？我的母親總是那麼軟弱、無能，明明雙方吵架並非全是她小孩的錯，爲何每次母親都要打自己的小孩來滿足對方的怒氣呢？

爲了餬口飯，貧困鄉村裡的大人幾乎每天都在忙，母親亦然。白天的母親很少在家裡照顧小孩，尤其農忙時更是整天在田裡工作。那年代，貧窮的孩子對自己的身分有著早熟的認知，也比較懂事，懂得體恤母親的辛勞；除了在家中幫忙做家事，大孩子還會照顧小小孩，餓了、哭了，也知道如何照顧或去找母親餵奶。只是小孩畢竟還是小孩，天眞愛玩。某次，我背著弟弟去找母親，回家途中，瞧見幾位鄰居小朋友在水溝裡捉蝌蚪，一時興起也跟著下水去玩，誰知道跟我一起下水捉蝌蚪的另一個小弟弟腳割傷了，血很快地在水中染紅逐流，大家看見血水都嚇呆了，不知道該怎麼辦！他更是害怕的以爲自己就要死掉了，哭得死去活來。

惶恐中還好有位大叔路過，這位大叔狂罵：「你們這些死囡仔，吃飽太閒，沒事做，捉蝌蚪。」

訓了我們一頓後，他就迅速背著小弟弟回家。

黃昏時，聽說這個小弟弟發起了高燒，醫生懷疑是得了破傷風，什麼是破傷風？沒有醫學常識的鄉下人聽聞這消息非常驚訝。原本這件事可以神不知、鬼不覺地過去，沒想到母親從別處得知，她聽說我也帶弟弟一起去捉蝌蚪，惱怒地回家就賞我一頓打。

也許母親是怕我受傷，也許是擔心弟弟沒被顧好，也許她整天忙碌就怕我惹麻煩，也許……，也許……，有太多的也許，那些也許當時我都不願意想；我只知道那天我對母親非常生氣，氣她把我捉回來的蝌蚪倒掉，氣她在眾目睽睽之下給我一頓莫名奇妙的狠打，氣沒有去捉蝌蚪的那些鄰居小朋友的竊竊私語和偷偷狂笑，氣母親在大庭廣眾之下讓我丟臉。

我好難過，在場我沒有得到他人的安慰，又在旁人揶揄嘲弄下，覺得自己好委曲；長夜漫漫，那晚輾轉難眠，我渴盼母親能告訴我，黃昏時那些大叔、大嬸對我所說的話都是假的。

以前大人打小孩是家常事，我被母親打並不例外，女孩的價值遠遠比不上男孩，在重男輕女的農村更是明顯。幾次被母親打後，我就起了疑問——我是不是母親的女兒？不知爲何，鄰人們的戲謔嘲諷在心頭盤據不散——他們說：「妳啊！不知是誰家的孩子，當年台灣做大水，妳是坐在木桶上被海水沖流到澎湖海邊來的。」她們說：「妳爸爸在海邊發現了妳，妳是從海邊撿回來的。」

童年的無知，讓我有一段時間很不快樂，常對著鏡子看看我長得像不像母親，徬徨無知使我在這個家失去了安全感。直到有一天發高燒，我發覺平常見不到人影的忙碌的母親愁容滿面，時刻不離地在我身邊，撫擦我發燙的身體、額頭，湯藥不離表露無疑的愛，我突然意會，原來母親沒有不愛我。

受傷的心靈，莫名的怨懟，很快就在病榻中同時癒合了！病癒後瞧見母親笑容以對地說：「咱來去廟裡燒香感謝神明，妳出痲疹這幾天，是祂保佑妳平安度過。」

生病那幾天，感謝母親爲我在神明面前許願、茹素。

童年時常沒來由地被壓抑，導致長大後的我缺乏自信；如今回憶起母親，就像看到了自己。掛在心頭、無以言喻對我們的愛，母親說著：「我要掛電話囉！沒空回家，就記得常打電話回來。」

我哭了！

愛的身影

鳳妮

想念母親時，很自然的唱起「慈母手中線，遊子身上衣……」，腦中映現出：站在城牆上不停地向我揮手的慈母倩影，隨著深切的想念，歌聲淹沒在淚水裡。

童年時，每值嚴寒的冬夜，我冰冷的雙腳，總是被抱在母親溫暖的懷抱中，讓我舒適的安眠。即使日後離鄉求學數年，返家時，一雙大腳，在寒夜裡，仍然被母親懷抱著入睡。這股切摯愛的母親恩情，深如海。

讀小學的數年，每天夜晚複習功課，總是由不識字的媽媽陪伴，給怕夜黑的我壯膽；雖然她坐在一旁，點頭打瞌睡，卻使我能安心夜讀。她期望我努力勤學，因爲沒有讀書是她心中最大的痛。只要看到我和書爲伍，哪怕我看的是似懂非懂的武俠小說，她也高興得笑容滿面。這種砥勵我讀書求學的上進心，培養我嗜好閱讀的興趣。

酷熱的夏季黃昏，我和鄰居小朋友最愛圍坐在我家院中涼椅上聽母親講故事；講古代秦檜跪岳飛的故事，宋朝皇帝被囚，坐井觀天的來由，還有我們最愛聽卻又害怕得抱著腳的鬼故事。

最引起共鳴的是：聾子與聾子對話，互相聽不清楚，音同義不同的順口溜，有趣又好笑，逗得我們也會隨故事情節，學會順口唱和的節奏，作起打油詩來。

有時在滿天星的夜晚，北斗星、天河兩邊牛郎星與織女星的情愛故事，聽得入迷的我們，忘了熱、忘了睡，陶醉在母親講故事的夜晚。

幼年耳濡目染，在忍讓謙和性格的母親薰陶下，使我感動至深，無形中也沾染了忍讓的特性。記得母親處在嚴厲的婆婆和嬌慣的小姑，以及四個妯娌三代同堂的大家庭中，她從不參與爭吵，縱有冤屈，她默默地流淚容忍不加辯白。平日小心謹慎，恭謹行事，因而博得全家人的愛戴。母親嚴於律己的特性，澤惠了下一代。

篤信佛的母親在二十三歲時，爲了祈求外婆病癒、長壽，許願吃素敬神一輩子。果然，外婆健康地活到九十三歲，這該是母親的孝心感動了上天！

和母親最後一次的別離，母親送我到離家四十五里路的縣城門口，依依不捨的泣別後，她又爬上高高的城牆上的平台，看著遠去的我，向我揮手道別！我被別離的淚水淹沒了眼，頻頻回頭張望，親愛慈母的身影。

多少甜美母恩的記憶，深印在心頭，不會被溜走的時光帶走。母愛像翠竹常青，訴不盡綿綿恩情。

追憶

曾璉珠

媽媽大約是在我五歲那年過世的，當時的我尚且年幼，即便往後年歲稍長，憑看僅存兩張泛黃且模糊的相片，實在無法將其容貌辨識清楚。但說也奇怪，儘管如此，她對我以愛為基礎所做的若干事情，既使在幾十年後的今天，仍鮮明地烙印在我心……。

其一：記得有一年，我感染了輕微的肺結核，媽媽不厭其煩地用瘦小的手臂，每天將我自屋內抱進抱出，放置院中曬太陽，直到我痊癒為止。

其二：媽媽病危，住在四川重慶的中央醫院，為了等待與人在南京出差的爸爸見最後一面，醫生以氧氣罩維持她的生命。在彌留的狀態下，媽媽猶不忘以虛弱的聲音吩咐女佣人，帶我去將蓄留多年的烏溜溜長髮剪短，並帶至其床前；她對我說：「璉珠，媽媽以後不能再給妳梳辮子了。」可憐懵懂的我，尚不知媽媽即將離我而去的悲慘現實。

在三〇年代，工商不興，尤其住在鄉村的我們，根本買不到球鞋、運動鞋之類在當時算是很時尚的用品；因此經濟條件不錯的人家，都會請一個專製布鞋（棉布）的婦人到家裡來，替全家量腳訂製，改天再貨到付款，我家亦不例外。

媽媽剛走，在守喪期間，孩子的花布鞋上必須蒙上一層白布，愛漂亮而不解人事的我，爲了那婦人將我花布鞋縫了白布，氣得直扯著喉嚨，足足哭了一個多鐘頭才肯罷休，如今想來，內心仍有一絲不安和羞愧。

從大人口中得知：當年兵荒馬亂的抗日時期，媽媽帶著我住北平，她擔任護理長一職，工作人員的三餐均在院中搭伙，小小年紀的我亦人五人六的大剌剌坐在其中。有天，我忽然發覺桌上有一道人間美味——炒豆豉，從此以後我百吃不厭，只要這道菜上桌，我便很鴨霸地據爲己有，不准別人碰。小時候我長得圓圓的，眼睛大大的，據說蠻可愛的，院中又是我最小，那些護士阿姨們也不會跟我計較，隨我亂整，也因當時吃太多之故，使我在若干年後，看到豆豉，仍會作嘔。

回想起來，難怪後來我考上國防醫學院護理系時，爸爸以近乎哀求的口吻叫我就讀，無奈當時愛情沖昏了頭，爲了愛情和婚姻，功名利祿皆可拋，因此喪失了繼承媽媽衣缽的機會，也辜負了爸爸的期望。

媽媽年輕時與爸爸相識相戀而結合，時逢戰亂，聚少離多；媽媽身材矮小，長相平凡（奶奶、姑姑告知），陸續生下姊姊、弟弟和我。她相夫教子，孝順婆婆，善待小姑，勤儉持家，美好的婦德隱藏在平凡的外表下；無奈天不假年，在諸病纏身之下，終在三十六歲那年，魂歸離恨天，我和姊姊、弟弟頓時也成了人海孤雛。

民國三十八年，國共交戰，大陸失守，在逃往台灣的前夕，奶奶領著我們姊弟三人，佇立在種有三棵黃果樹下的母墳前，奶奶說：「勵新（媽媽名）：明天我跟孩子們要坐飛機到台灣去，現在帶孩子們來向妳道別，妳好好安息！」埋有母墳的山頭，頓時烏雲密佈，飄下如絲的細雨，場景益顯淒楚！細雨彷彿媽媽的淚，似乎想叫我們不要走！

時光飛逝，物換星移，知曉媽媽墳頭位置的長輩——奶奶、爸爸，相繼謝世，當年少不更事的我，縱使歸去，亦茫茫然不知母墳究竟在何方？更何況歷經歲月滄桑，「母墳」在幾十年後的今天，恐早被夷為平地！

「清明時節雨紛紛，不孝女兒欲斷魂」，媽媽：原諒我，在力有不逮下，我僅能擎一把清香，對著您埋藏的海之一方，深深地向您膜拜，感謝您的生育之恩！養育之恩！願來生我倆再續母女緣！您一定不會拒絕的，是吧？親愛的媽媽，願您入夢來，不要讓您的女兒夢魂無所依，空有淚滿襟！

她的一生

林寶桂

父親病逝那年我十三歲，母親三十四歲，是個年輕的孀婦。她長得嬌豔，出門一定塗口紅、抹胭脂，頭髮一定梳得光鮮亮麗；她是嬌生慣養的大家閨女，儘管丈夫的久病使她容貌憔悴，但看起來還是漂漂亮亮。

爲了醫治父親的病，母親散盡錢財，把家裡所有的房屋變賣，父親依然沒有起色，落得在租來的房子裡嚥下最後一口氣。這場病拖了九年，生病的時候向左右鄰居借了很多錢，記得最清楚的是一個叫藍富貴的，借給我們四千元；後來他看父親沒有好轉的跡象，我們鐵定還不出錢，就要大姊嫁他抵債，大姊誓死不從。

母親在父親過世之後挑起養育四個孩子的重擔，懦弱的她開始時慌亂無章，外公外婆過世得早，家鄉就是一個親哥哥，也不好請求幫忙，於是就在台北幫人家洗衣服、打掃屋子，有一餐沒一餐地求點溫飽。

我們家附近有一所教會，主事者劉媽媽心地非常善良，不時地給予救助，提供麵粉、脫脂奶粉，或是衣服——有些寬鬆過大的，母親會修修改改後再給我們穿；而就連父親死後的棺材也是由教會捐獻，基督教的愛眞是無遠弗屆。

第二年，大姊考上車管處當車掌，家裡開始有了固定收入；我們每個孩子都有共同觀念：賺錢交給父母是理所當然的事，更何況母親寡居養家不易。但不知道從什麼時候開始，母親染上賭博的惡習，玩起四色牌日夜不分，大姊屢勸母親不聽，氣得她親自找警察去抓賭，母親卻依然風雨無阻；最後大姊使出殺手鐧——鬧著要出家，三餐吃素，母親看到事態嚴重，這才稍微收斂一些。

後來姊姊認識一位很照顧她的公路局科長，介紹母親到公路局車站清掃車廂，每日早晚上班。安分一段時日後，母親有空閒還是會跑去賭兩把，因爲她有了自己的收入就不怕大姊生氣，還振振有詞說家裡的鍋盤碗筷民生用品都是她贏來的，搞得大姊哭笑不得。

我結婚後，爲了照顧家裡，按月給母親一些家用，同時也幫忙正在念初中的大弟繳學費，母親則開始用多餘的錢跟會，懂得省吃儉用地存錢。她四十六歲時，二弟考上台中逢甲學院；私立大學學費很貴，爲了不讓男兒的青春受限於困窘的經濟條件，我很自然地承擔起這部份的責任。彼時困窮的家庭頗多，而過去手足之情濃厚，兄弟姊妹之間的互相幫助是理所當然，因此我也全力以赴。

幾年後，大弟官拜空軍上尉，生活稍有改善，結婚娶妻不久就讓母親抱了孫子，母親很是欣慰。當時弟妹擔任會計，母親負責帶孫子，一家堪稱其樂融融。又過了幾年，二弟也畢業了，還通過高等考試任職經濟部，沒想到結婚四個月後發現罹患直腸癌，開刀無效，留下一個遺腹子。

母親年輕時丈夫亡故，遲暮之年又逢喪子之痛，心情落寞可想而知，白髮人送黑髮人的痛苦只有她明白，那段時間就由我跟姊姊輪流回去安慰她。

七十六歲的母親被宣告罹患胰臟癌，住院二十六天後告別人世。她的一生充滿坎坷，但是她始終樂觀面對。子女們還算孝順聽話，而且個個都稍有成績，雖然父親早逝，但是我們沒有自卑墮落反而努力向上，因爲我們知道失怙受苦的孩子沒有悲觀的權利，我們更知道家庭的團聚是前世修來的緣分，所以可以不怕困苦勇敢面對一切。

母親的一生是孤單的，幸好有全家人一起爲生活打拚，從無到有，建構出一家人的凝聚力，使家庭中每一個份子都是社會的中流砥柱。雖然在這過程中，母親曾經逸出生活的常軌，但是她守護這個家園、愛我們的心，卻是毋庸置疑的。母親離開我們十二年了，姊弟們都時常想念她，我想我這五十年來的努力奮鬥，應該是値得母親感到驕傲且沒有遺憾吧！祈禱母親在天之靈能庇佑我們，如果有來生，期待再相聚！

平凡與不凡

麥莉

你知道有人能被三、四個市場賣菜的人認識嗎？

「奶奶來買我的菜！」母親住家附近有好幾個市場，那裡的小販每次見到我媽，就像看到親戚朋友般，一定很熱絡地搶著和她打招呼。

「好、好……」，無論買不買，母親總是笑著回答。她每天一早，把買菜當晨間運動，先跑個位在一座小山坡上的市場，黃昏又去另一個，有時晚上還要去夜市逛逛。整個市場內，不單是賣菜的，連一些買菜的都跟她熟得不得了，成了她的老朋友。

常有些朋友佩服我，怎麼能五分鐘就能和陌生人熟稔，若看過我對母親的描述，肯定知道，這種能力當然來自她的遺傳。

母親厲害的地方當然不只這些，年近八十歲，走路硬朗，笑聲爽朗，與我姊姊同住，每天還幫忙她們一大家人煮飯、燒菜、洗衣外帶打掃。她說：「能付出，能動，能做，就是福氣！」

更厲害的是，她住在五樓，每天大氣不喘地上下樓梯好幾回。我爸爸來自廣東，天生愛吃美食，還好娶到我母親，會做也愛「做菜」；所以，無論何時你去我家，總有一桌色香味俱全的菜餚擺在桌上。母親還有一絕，出去吃到什麼美味，回家總能燒出比館子裡還可口的美食。

說到父母的姻緣，也有一段傳奇。那年母親年方二十，父親是我舅舅的同學，來過她家幾回；抗日剛結束，正是國共內戰的高峰期，國內一片兵慌馬亂，兩人就用魚雁往返，暗自私定終身。

那時父親的軍隊駐守北平，就在現今北京的頤和園裡，母親則是住在瀋陽官拜司令的姊夫家，她姊姊可能不願意她嫁給一個一無所有的窮小子，就不幫她訂機票，以爲母親能知難而退。山海關是當時國共雙方的分界，那裡的戰役正打得火熱，母親不改與父親成親的決定，要了一些盤纏，跟著一些跑單幫家的商家，有車坐車，有船坐船，沒車沒船就用走的，費了將近一個多月，穿梭在槍林彈雨中，來到北平。

之前父親一直心中忐忑不安，既怕母親變卦，又擔心她路上的安危，直到親眼看到母親才感動莫名！其他軍中袍澤，爲成就這段姻緣，紛紛捐出當月所有薪俸，爲他倆在頤和園裡辦了一場轟轟烈烈的婚禮。那次的婚禮，一直被父親的同袍津津樂道，互相傳頌四、五十年。因爲正當國共內戰炙熱方酣的時刻，人人內心充滿苦悶，難得發生如此溫馨的事件：有位小姐居然爲了聖潔的愛情，衝破重重戰火和情郎相見。

媽媽的外甥女也參加了這場婚禮，事後一直向她的父母及所有親朋好友說：姨媽的先生非常有錢，不然她們怎麼能住在一間像花園的皇宮裡！當然，「頤和園」確實是大得不得了的！

母親做事一向果斷，性格外柔內剛，性喜熱鬧也愛幫助人。小時候父親的袍澤或部下時常會來家中各自出錢，打打牙祭，當時軍人收入低微，母親這樣等於是集資讓大家包括她的小孩，能夠時常吃到美味又有營養的食物。對於有些窮到沒飯吃的朋友，她則是二話不說義務幫忙，「還不就多雙碗筷！」她經常不使對方難堪地這麼說。

小時候住在眷區，人多嘴雜，大人們也常會吵來吵去，或分黨分派，母親卻能和每個人都相處融洽。有位鄰居媽媽氣喘突發而往生，眷區裡的男人都在部隊，其他媽媽們或怕鬼或為避邪，各自躲在家中，只有母親義不容辭，丟下哭哭啼啼平常連獨自睡覺都不敢的我，過去幫忙料理喪家的大小事。

她有些常掛嘴邊的話：「幫人就是幫自己」、「人要知福惜福」、「吃虧就是占便宜」，這些金玉良言在她身上可都一一應驗。但也真如她所言，她愛幫人，一旦遇到難關，例如，父親車禍、她胃病開刀住院，朋友知道後立刻有錢出錢，要不，也幫忙打探哪裡有名醫，最少也會立刻過來關心，或幫忙跑跑腿。這些正印證了媽常說的：「我自己從小是個被過繼給姑媽，沒享受過母愛的人，卻常能體恤別人的痛苦。但上天也沒虧待我，每次在我需要幫忙時，能及時得到別人的幫助。就是魚幫水，水幫魚嘛！」魚怎麼幫水？這道理我沒問過我聰明的媽媽，但我母親經常能出口成章，適時講出一番人生的的大道理。

「眼波帶醉，慢慢流過……」，母親總喜歡邊聽歌、哼歌，邊做家事；睡覺時也會用定時器，聽聽相聲、音樂伴她入眠。母親和父親差六歲，人說夫妻差六歲犯大沖，可是他們卻是我所見過最標準的夫妻。前面說過母親是父親千求萬求、寫過無數封情書後才娶到的，他自然對母親百般呵護，記憶中兩人從沒紅過臉，吵過架，頂多鬥鬥嘴。

父親對母親十分依賴，好吃也會吃的他，經常用嘴做菜——指導媽媽如何如何做菜；母親生性聰慧，聽過一次，做出的菜色絕對不比父親之前不論是在館子、在朋友家吃的差。父親也因愛吃，晚年有痛風及有些肥胖，致使膝蓋骨退化不便於行；母親雖然瘦弱，但到哪兒都扶著父親慢慢走。

父親七十九歲那年，因不知已經感冒，還施打流感疫苗，住進醫院；三個星期後，本來已經快出院，又因藥物過敏，引發內臟衰竭。母親不忍父親受苦，每次到醫院都會輕聲提醒父親，要他安心，孩子、孫子她都會照顧得很好；更要父親放心，放下一切執著；還說，若有來世，她願再結連理。因為她知道父親是多麼深愛著她，是多麼不願意離開她，但因父親的內臟都已衰竭，即使存活下來，必須靠機器維生，母親不忍心看他如此痛苦地活著，才會每天像對小小孩般地不斷叮嚀：「老伴，你放下，安心走吧！」

父親走後，母親不管去哪裡，總會對著父親的遺像說：「老伴，我去××了！」回來後，也會說說出去做些什麼事，一如父親還活著一樣。

民國九十五年夏天，母親要我和姊姊陪她回去看看小時生活的姑媽家。我們先遊過長江三峽，坐了幾天船；媽媽一向有腰痛的毛病，可是那天，我們在一堆人事全非的房舍中，來回尋找她的舊居時，她不但健步如飛，還展現驚人的記憶力，不厭其煩地來回找了四五遍，抱著一定要找著的決心。後來，還終於真被她找到，可惜，裡面住的已不是她的親人。

她說：「看過，了了宿願就行了！」雖然，因爲想看的親人都不在了，圓夢似乎只圓了一半，母親帶著幾分傷感、惆悵離開，不過她卻是提得起放得下，恢復了昔日巾幗英雄的豪爽作風：「好了，我們回家吧！」望著她的背影，感覺她一下剪斷了五六十年的思念和牽掛！

「就跟你們說，還是妳老媽行吧！儘管附近的建築物全變了，也難不倒我……。」

我的大女兒是娘家的第一個外孫，也由母親一手帶大。女兒從小整天咭哩呱啦很愛說話，我媽就給她取個小名「ㄚㄚ」。女兒一歲三個月時，我帶她和母親一起看卡通《白雪公主》影片，回來後，母親和女兒演戲；戲中除了白雪公主是女兒演出，而且還要不時提詞外，其他的所有角色——巫婆、小矮人、魔鏡，還有迷人的王子，全由母親擔綱。看到這場景，直覺我女兒眞是太幸福了！因爲過去住在眷區時，每家的家境都不好，客廳是臥房也是工廠，母親很少和我們對談和遊戲；女兒能在如此幸運的環境下長大，難怪北一女、台大一路讀上去，這些聰明一半以上應該歸功於母親！

常有人問：「妳怎麼敢生四個？」答案當然是：因爲我有一個如此聰慧的老媽啊！健康、開朗、和善、聰慧，有時還有點「霸氣」、「專制」，一點點哪！但眞是十分熱心和容易相處。

「對嘛！你們的優點可都是來自你們聰明的老媽！」這是她常說的話，就說她有些「霸氣」吧！

祝福這麼「可愛」的老媽，永遠健康快樂！

最後一個母親節

林思

從小我就覺得母親偏心，只把母愛給哥哥。月考我考九十九分，換來的是「太粗心」的斥責，而哥哥只考八十分，得到的卻是「有進步」的獎金；媽媽要我和哥哥輪流洗碗，但每次都是我乖乖地洗，輪到哥哥時，媽媽就幫他洗。

直到母親日漸衰老，我才學著要少計較、多付出。我會在母親節時，買媽媽喜歡的鮮花、衣服、巧克力，討她開心；但是我就是說不出母親最渴望、最想聽的感恩讚美之語。去年五月初，母親因爲嚴重肺積水而再度入院，我心裡哀傷地想著，這恐怕是和母親過的最後一個母親節了，也是我最後感恩的機會了。感謝上蒼，我終於克服內心的障礙，在卡片上「說」出了對母親辛苦撫養我長大成人的感恩。寫完後我如釋重負，把卡片收好。

母親節一大早，我拜託丈夫及哥哥分頭去拿我訂好的美食與蛋糕，而我則去買花，一心要把喜悅和那張卡片帶給重病的母親。

當我走進母親的病房，看到喘得頭髮零亂不堪的母親，一陣心痛，但仍刻意提高嗓門，假裝歡欣地說：「媽媽，今天是母親節哪，我特別帶來您最喜歡的香水百合。」床上的母親沒有反應，也不看我。我心中開始慌亂，忙不迭地湊上前去，送上一把鮮花及那張以爲一定能討母親歡心的卡片。

沒想到她極不耐煩地說：「我都病到什麼地步了，哪有心情跟妳過母親節，快拿走妳的花和卡片！」隨即左手一揮，剛巧把我畫滿愛心的卡片甩到地上。

我一人承當母親重病的所有壓力已經好幾個月了，碰到這完全出乎意料之外的反應，先是嚇了一大跳，情緒跌到谷底，反彈起來的竟是一股燎原之火：「爲什麼您這一輩子就專門用冷水來潑我的孝心呢？您就不想想您住院以來，是誰天天帶著失智的爸爸來醫院照顧您？是誰天天對著醫生鞠躬哈腰求他們治療您？是誰幾乎向人磕頭，爲您求來頭等病房？您就剩下我這忠心耿耿的女兒在身邊哪！就不能多愛我一點嗎？」

我滔滔不絕地發洩心中的委屈，而母親一面喘，一面也不甘示弱地說：「我都病成這樣了，妳還跟我吵，算什麼孝順？」

「我只是一心一意想和您過個難忘的母親節啊！」我歇斯底里地喊著。

等看到廊外提著大包小包的家人時，我才突然恢復理智，戛然終止氣急敗壞的爭吵，並趁著家人還沒走進病房前，把卡片從地上撿起來，塞進了衣櫥。而剛被我從美國催回來的哥哥，則毫不知情地走近母親病床，送上他寫的卡片。母親開心地看著他，微笑地收下了。

接著，我完全心不在焉地演著自己籌畫的戲：有合唱母親最喜歡的詩歌，有點蠟燭，有切蛋糕，有拍照。失智的爸爸不明究理地開心吃著，只有我，完全食不知味。

一個月後，母親去世了。在整理母親遺物時，我含著淚，把那張椎心的卡片放進母親的棺內，隨著遺體一起火化了。生前無緣，但求母親在天國，能聽到女兒對她的感恩！

家中一塊寶

陳瑞嬌

我常想，這輩子最大的福氣是我有一位很不一樣的母親。母親今年八十七歲了。我常焦急地盤算，和母親相處的日子不知還有多少？我虔誠地期盼，期盼它能拉得更長遠些，長到最起碼讓我不致悔恨「樹欲靜而風不止」，長到至少她為我褓抱提攜的光陰可以讓我對等的回報。望著母親日漸乾癟的面容及日趨遲緩縮短的身影，我祈求她安康快樂、病痛減少。

很遺憾！數月前無預警且突然發生的眼睛中風，奪去了她左眼的光明，原本還能騎著自行車到處走動，還能採摘檳榔的生活，頓時由於雙眼失焦，行動有了安全顧慮，生活圈立即緊縮到僅敢在熟悉的家中活動。她心中不免懊惱，最懊惱的是兒孫回來，她無法再好好準備全家的餐食。五個子女輪流抽空回來陪她，她雖欣慰，可是因不忍心孩子遠地奔波的疲累，她總是努力地證明：她還能照顧自己、能洗衣、能做菜、能張羅生活細節，讓我們這些無法承歡膝下的子女只有心疼地看著、勸著、心含愧疚，不知該如何說服她「放下」。

由於她的眼疾，這段日子常陪她到醫院就診，一待就得熬上半天，甚至一天。她身心疲累至極，可是回到家她總是疼惜地對我說：「辛苦妳了！好在有妳！好累吧！」天下的媽媽不是大多認爲子女孝順父母是應該的嗎？母親對子女感謝讓我們汗顏！

母親待人一向是給得多、要得少，她是長媳，家中較年幼的姑叔都是母親幫著祖母拉拔大的。祖母早逝，嫁出去的姑媽們，母親沒忘掉關懷；逢年過節，宗族中較寒微孤單的老輩，母親也總記著踩過門，塞個紅包，給些溫暖。平日母親再忙碌，鮮少吆喝子女幫忙，她總是說：「妳們讀書已夠累了」、「妳在外頭工作已夠煩了，多休息」、「妳們在婆家要忙，回來不能再忙了。」她總是搶先做完大小家事，再匀空陪子女們閒聊；視子女些微的勞動大過天，自己的辛苦卻咬牙撐過。因爲知道她總是苦自己，所以五個子女反而養成主動靈通的個性，察言觀色，即時動手，不必他人催促。她無形中示範好多教育子女的方法，讓我們懂得身教重於言教的道理，讓我們在爲人父母時省走許多冤枉路，少傷許多腦筋。唉！那些叫不動孩子的母親眞的少了我的福分呢！

從小到大到老，印象中不曾被母親大聲斥責過，動手打罵更是絕無之事。唯一記得的是：有一年大學的暑假，母親下田去了，家中生養太多的小豬仔必須換班吃奶，我居然笨拙地把班次弄混了，小豬仔認奶，急得吱吱叫，亂咬不肯吃；而母豬痛得亂吼不讓吃。母親下田回來，雖氣急敗壞，也僅僅撂了這麼一句話：「怎麼連這樣的事都做不好！」記得當時我哭得好傷心，面對這麼忙、這麼累的母親，我居然只會幫倒忙。母親永遠知道子女遇到困難了，她也永遠會設想周到幫子女解決；至於我們的抉擇，她除分析事理外，很少替我們做決定，只是說：

「這樣好嗎?想清楚」、「是你自己要的，不要後悔就好。」難怪母親的子女個個都能獨立自主、獨當一面。

母親在大家庭裡，除了長媳身分，還有翁姑、叔嬸、姑姪，人情複雜，食指浩繁，尤其客家婦女，田頭地尾、灶頭鑊尾、針頭線尾，樣樣都需張羅，個中艱難自可想見。挑糞背穀，持續整天；擔著重重的蔬菜、瓜果、香蕉走四、五公里路，沿街叫賣；身懷六甲，即將臨盆，還跪在稻田裡、豔陽下，隨隊娑草。忙完外頭田事，回到家中，二、三十口人三餐的料理、豬隻雞鴨的照養、柴草的撿拾。聽母親話當年，我無法想像她如何面對這一大家的事；更難的是，我知道如此辛勞的母親，從不情緒面對子女，更無情緒面對叔嬸翁姑，也因此嫁出去的姑媽，甚至晚一輩的甥姪們，總把母親家當娘家，隨時來，添雙筷子、加個碗，母親的飯菜就安撫了出嫁女兒的心。

母親的廚藝出奇的好，連左鄰右舍都有福分品嚐她的料理。明明冰箱裡沒幾樣食材，可經她巧思安排後，滿桌可口的菜餚總讓你亮眼：紅燒肉、糖醋魚、福菜湯、絲瓜粄，不是幾種拿手菜而是滿桌拿手私房菜。長輩吃得滿足，晚輩吃得痛快，親戚、家族、朋友吃過都念念不忘。母親家常高朋滿座，而母親也永遠是走不出廚房的母親。自從眼疾後，她頗遺憾無法繼續爲兒孫準備美食，然而才過了幾個月的適應學習期，最近的飯桌又漸漸恢復往日風光，母親的堅強毅力實在讓我們難以說動她「放下」啊!

母親沒念多少書，但她生活的智慧絕不比拿博士證書的人少，對子女而言，她是我們的一塊瑰寶。我想這輩子我能幸福，就是因爲我有一位很不一樣的母親吧!

傳承

孟訥

母親是賦予生命、鞠育成長，關係最親密的一個人，但我自幼離開了她，跟著住在百里外的外婆生活。到了九歲，抗日戰起的第二年，爲了躲避亂機轟炸，回到老家，寄居在姑媽家裡就讀，直到戰爭結束才眞正回到她身邊。

這一段成長過程，和母親聚少離多，使我無法體會「母親的懷抱」是什麼滋味，母女之間因此而有隔閡。到了自以爲是的少年時期，看到從外地回來的母親是那麼陌生，充滿了許多不理解；不習慣她的生活方式，不習慣她的行事作風。這些代溝存在心裡，也不知道怎麼表達出來，這是隔代教養又分居異地造成的遺憾。

在家裡，她是站在父親背後的強勢主導，有超強的行動力，尤其抗日戰爭期間，一有敵情風聲，立刻收拾家當，準備逃難。她有本事在很短的時間內，把心愛的收藏品，用最小的空間，能帶的帶，能藏的藏，藏不了的也捨得丟，所以八年戰亂，財物的損失不在話下，但家人卻全都平安。

無論在什麼時候，她都衣履光潔，注重儀表，走路昂首挺胸，當然也希望她的子女能像她那樣。偏偏我這個大女兒完全相反，因爲讀了些新文學的書籍，還沒完全長大，便以新青年自命；崇拜陽剛之氣，一頭齊耳短髮，身上永遠是質樸樸鬆垮垮的布衣，一副不修邊幅的酷模樣，舉止更像個男孩子。她爲我剪來有點花色的衣料，我總嫌太花俏，氣得她恨恨地說：「妳不穿，我穿！」我知道這種違逆很傷她的心。

成年後來到台灣，在母親身邊的幾年，是我和母親最親近的時候。有一天我在書櫥裡找到了一本《左傳》，她高興地表示要教我，便從起首的隱公元年開始，教了沒幾天有點不耐煩了，到後來乾脆說：「妳自己看好了，不懂的再來問我。」這時我對《左傳》的內容和它精簡絕倫的文采辭令已著了迷，欲罷不能，心裡想：「好，自己看就自己看！」負氣地眞的摸索著自己啃完了。其實，她認爲讀書是自己的事，大人不需主導，讓我們學會自尋讀書的樂趣，也因此早早地養成了自己負責的獨立個性。

母親沒有宴飲或打牌之類的應酬，喜歡在家看看書籍，可以說閉門家中坐，能知天下事。平常閒話家常時，會以她不同於世俗的觀點，出口成章地說古道今，也批評時政，臧否人物。雖過中年還能背誦詩詞和許多文章精彩的片段，每逢這種時刻，我會豎起耳朵抓緊機會追問，也記住了一些，就成了日後我記憶庫裡的寶藏。雖然她沒有正經嚴肅地教導過我，從幼兒時當兒歌唱的唐詩，還有生活中經年累月的耳濡目染，都在不著痕跡地引導了我們姊弟妹們。還有一件事是：家裡的子女都輪流幫忙家務，唯獨應屆參加聯考的可以免役。這些傳統和家規，以後我也依法炮製，一一傳給了我的子女。

因爲受幼年和母親疏離的影響，我一直覺得我們母女的情緣不像別人那麼深厚，有時甚至有點冷漠。我結婚之後，一連養了四個孩子，她把小外孫分別接過去照顧，讓我有個喘息，同時她也得到弄孫的樂趣；我這才明白，自己的幼年爲什麼一直待在外婆家，心中的結逐漸打了開來，體認到親情有時囿於現實情勢，不能展現，但它是永遠存在的。

民國三十四年台灣光復，她嚮往著傳說中的瀛洲蓬萊台灣島，次年就毫不遲疑地收拾行李，帶著全家隨父親來台。才住了一年，就遇到二二八事變，外省人不分青紅皀白地成了洩憤的對象，我們雖僥倖躲過一劫，卻嚇壞了；母親說：「八年抗戰吃盡了日本人的苦頭，高高興興來到台灣，又遇到這種恐怖的事情，不如歸去算了。」於是收起行李回到家鄉，卻立刻遭遇到國共衝突時的金融風暴，國府把不斷貶值的法幣改爲金元券，金元券又一洩千里地下滑，所有的收入必須立刻換成實物來保值，那時叫這種事爲「搭貨」。一些存在錢莊（小城的現代銀行不普遍，也不獲信任）的錢，每天要按變動巨大的換算率去結算一次。據她後來告訴我：「每天膽顫心驚地在錢莊貨行之間疲於奔命，否則手中的錢很快便化爲烏有。」

更不幸的是接著河山變色，土八路首先進城。又親眼看當時眾所矚目的新政權的作風，加上本身家庭背景和她執拗的脾氣，料定日後必定遭殃，於是密謀出走，再回已是國府所在地的台灣。經過一番冒險策劃，帶著一家人偷渡，暗中買通了一艘漁船，乘桴浮於海，在太平洋上與風浪搏命，漂流了一星期才找到基隆港，已經是民國三十九年初了。

經過這幾番折騰，家中所有資源已耗得只能維持一年多的安定生活，就得跟大部分外省來台的人一樣，從優渥的生活變成只靠一份薄薄的公教薪俸度日。民國五十年代克難時期，母親辛勞地操持家務，也沒有過怨言，她只是說：「國難當頭嘛！」

在她六十歲時，父親過世了，好幾個兒女紛紛散居在歐美加拿大等地，她收起悲痛，又拎著行李，第一次獨自出國去各處探訪，首站是舊金山大妹家。一天，她在住處附近散步，不知怎的，忽然心血來潮，站在路邊對著路過的一位老太太的車子豎起大拇指要求搭便車，並用英文告訴她超市的名字，人家會意了，欣然讓她上車而去。

另外一邊，大妹發現媽媽不見了，在附近找遍了也不見蹤影，立刻開著車子到處去找，急得要報警；兩個多小時後，只見媽媽抱著大包小包出現在門口，樂呵呵地說：「我搭便車去了超市，在那邊喝了咖啡，買了些零食回來。」這是她率性的一面。

民國 71 年與母親於舊金山公寓合影。

當她在世界各地轉了兩圈之後，選擇舊金山一座風景優美的老人公寓住了下來，一個人悠哉遊哉。那段期間，她蘊藏了幾十年，一肚子蠢蠢欲動的文思，再也按捺不住，竟埋頭寫了一本顛覆性的《笑談西遊記》。

母親不同於那個年代傳統女性的獨立與好強，不因異國獨居而有所改變。定居美國之後，也和一般新移民一樣，到成人學校認眞學英語；班上有幾個同爲早年從大陸到台灣，再移民美國的同伴，學校要大家塡寫原居地時，卻不塡來自台灣，她很不以爲然，和人家辯得面紅耳赤，甚至憤而退出了那個班級。

「這些人，在台灣住了幾十年，享受了政府的一切好處，拿著中華民國的護照，才一隻腳踏進了美國，立刻忘本。在國內，我時常批評政府，到了國外，我很不屑這些數典忘祖的人。」她氣憤地向我們訴說。這是她傳統的一面。

至於她愛美的習慣，也沒有因年齡的增加而改變。她居住的公寓供應晚餐，每到吃飯時間，她要早早準備，沐浴、更衣、化妝、配戴首飾，好像赴宴一樣，盛裝之後才去餐廳。

「這公寓裡全是老外，就我一個台灣來的，我就是代表，我就得有一個好形象。」她說。這一點，我到老都學不會。

她的兒子曾說過：「帶媽媽出去比帶女朋友還有面子。」

她的外孫們也說：「外婆看起來總是體體面面的。」

這就是我的母親，她已去天國十一年了。

付出

江德怡

母親是一位恪守三從四德的傳統客家女性，刻苦耐勞、勇敢堅強、勤儉持家。她在二十二歲時由父母作主嫁給父親，父親只有小學畢業，學歷比母親低，家裡人口多又窮，在農會當總幹事的外祖父卻因爲欣賞他的厚道和上進而促成了這樁婚事。

父親只受過六年日本教育，卻能夠自學漢文、算盤和作帳，喜歡用鋼筆，寫得一手剛勁有力且端正工整的好字。由於外祖父母對父親的厚愛，所以家裡只要有好東西，父親一定送去孝敬他們。父親病逝後，外祖父常到家裡關心我們，只可惜一年多後，他也因心臟病而離開我們；家中親戚雖多，但只有同樣並不富裕的二舅會前來關照。此後，母親獨立挑起教養五個子女的責任，其艱困和心酸可想而知。

父親來自一個大家庭，祖母早逝，他上有一個哥哥和一個已出嫁的姊姊，下有兩個弟弟和一個妹妹；要照顧這一大家子，光煮飯洗衣就夠累人了，聽說大伯母就是因爲負荷不了這份沉重才跳水自殺的。母親一進門，當然得要承擔這些勞累的家務；而婚後不久母親就懷孕了，接連生下大姊和哥哥後，除了繁忙的家事，還要照顧孩子，看過母親年輕時的照片便不難想見當時她是多麼辛苦。

這種情況一直到伯父再婚，父母親積存了足夠的錢買房子，搬出來組織小家庭才有所改善。但是好景不常，沒過多久，正當母親懷了二姊時，父親卻被徵調當兵；適逢金門八二三炮戰，母親天天擔心過日子。家裡沒收入、沒存款，她一個人帶著幼小的兩女一兒在身邊，還要想辦法賺錢過日子。聽姊姊說，母親不但養豬、打零工、挨家挨戶賣化妝品、衣服，還要以會養會來週轉，我實在無法想像母親當年哪來三頭六臂做那麼多事，但是她眞的「撐」過來了。

父親退伍之後，組林班上山伐木，幾乎很少在家；哥哥姊姊則陸續進小學讀書。母親必須在家照顧五個孩子，大姊和身爲老么的我差了七歲，儘管要招呼五個幼小的孩子坐車、走山路非常麻煩，但是每逢寒暑假，母親還是會帶我們上山與父親團聚。

我入學前對父親的記憶非常模糊，因爲他很少在家。只記得母親每天天還沒亮就起床，到甘蔗田、香蕉園工作，趕在哥哥姊姊上學前回家準備早餐；送走了兄姊，又忙著準備豬飼養豬，同時看顧未入學的我和三姊。在我的印象裡，她每天總是忙進忙出地工作，母親給我的感覺是動作快速俐落，凡事有計畫、從容不迫、有條不紊。她很少讓我們單獨在家，在兄姊放學之前一定會趕回家，照料我們洗澡、準備晚餐，只要天黑她就不出門。晚上兄姊都圍在客廳的事務桌上寫功課，沒上學的人在通舖床上玩，不可以吵鬧，母親就在一旁縫補衣服、記帳等等，時間到了就要熄燈安靜睡。

假日時，母親會帶我們回到外婆家，儘管外公外婆住得很近，母親從來不曾把我們託給他母親在十八年的婚姻生活裡，苦多於樂，與父親更是聚少離多，但是我從來沒有聽她抱怨、後悔過；雖然她不曾說過對父親的愛，但是始終堅持地爲父親撐起這個家。她爲父親守喪三年，不施脂粉、不剪頭髮，沒有娛樂，粗食布衣；在母親有生之年，父親時常掛在她口中，因此雖然父親比母親早走二十二年，他卻未曾離開我們心裡。

這麼多年來，生活的重擔壓得母親喘不過氣，常常爲了籌措兄姊在外求學的生活費，延長冰店打烊的時間。我們上學時，她一天喝一瓶紹興酒瓶裝的豆漿當早、午餐，前面做生意賺生活費，後面養豬賺註冊費，她忙得沒時間吃午餐，乾脆省下來。父親生重病時，伯父要國三的二姊畢業就去工廠當女工，小六的三姊不要升學，但是母親希望我們將來都能過更好的日子，寧可苦她自己。她鼓勵我們努力讀書考上好學校，所以除了不喜歡念書又早婚的大姊是初中畢業之外，她栽培出三個大學生和一個高職生，這在當時升學錄取率不高的鄉下是很不容易的，尤其又是生活艱苦的單親家庭，因此家鄉人一提起媽媽就都豎起大拇指。

以前年紀小，以爲身爲女人就應該像母親這樣一輩子爲丈夫、爲家庭、爲子女辛苦付出無所求；年紀漸長，逐漸閱歷社會中的人事與是非，才知道母親的偉大與不平凡，更心疼她爲我們辛苦地付出，感恩母親爲我們所做的一切。

忠孝路
一八五巷
7

輯二

念戀・滋味

成年後再多的品嚐，都只是在尋找童年的自家味道

味道

蔡怡

二〇〇五年六月二十七日那天，我帶著已失智的爸爸回娘家，去看重病不起的媽媽。因爲娘家公寓不大，住著哥哥和剛請來的一位照顧媽媽的看護，就沒了爸爸的空間。加上爸爸失智，經常時空錯亂，把半夜當成白天，會打擾媽媽的作息；爲了給媽媽一個全然安靜的環境養病，我安排爸爸住在我家，這一來使得結縭將近六十年從來沒分開過的父母，因爲老、病，而不得不分居兩地。

當我走進媽媽的房間，看著因肺功能衰竭而喘個不停的媽媽，內心一陣絞痛，眞是看不下去而想逃走，但媽媽是那麼殷殷企盼著我們的到來。

我躺在媽媽的床上，依偎在她身邊，媽媽用手指頭輕輕戳著我的手臂說：「女兒啊！我喘得難過得受不了了。妳快點想辦法讓我安樂死，讓我少受點罪吧！」

聽這話，我內心一陣顫抖，眼淚就快飆出來了。醫生私底下告訴我，媽媽雖是癌症末期，但可能還有兩個月的日子要熬，這如何是好？我輕撫著媽媽的額頭，內心電光火石般地想著，該用什麼話語來安慰痛苦萬分的媽媽呢？

「媽，您是虔誠的基督徒呀，您知道生死大事操在主耶穌的手裡，不由我們做主。我們只能安心禱告，聆聽他的旨意吧！」

爲了讓媽媽得到心靈上的慰藉，並不信教的我握住她的手，模仿她以前禱告的方式，從內心深處發出誠摯的呼喊：「主啊！萬能的主啊！求您施展無所不能的力量，治療、拯救這一生都服侍您、仰望您的病人，求您減輕她肉體上的痛苦，求您安慰她徬徨的心靈！願您的大能施展在她身上，如同施展在天上，願您的賜福榮耀您的聖殿，讓久病的媽媽永遠信任您、依賴您！奉主耶穌之名，阿門！」

接著我唱一首以前媽媽最愛唱的詩歌，「你若不壓橄欖成渣，它就不能成油」。媽媽以前常說，這首歌不但旋律優美，它的歌詞更有哲學意境，最能安撫她的心靈；尤其最後兩句：「每次的打擊都是眞利益。如果主拿走的東西，祂會以自己來代替。」

經我反覆的禱告與歌唱之後，媽媽轉過頭來對我說：「嗯！我好過一些了！」然後，她問我一個奇怪的問題。

「女兒，我身上有味道嗎？」

「什麼味道？」我不解地問。

「我也不知道啊！這看護總嫌我有味道，天天要幫我洗頭、擦身，我實在受不了這些折騰呀！妳要不要聞聞看？」

當時媽媽身上穿著無領、無袖的紫色家居服，露出整條手臂。我順從地拿起媽媽的手臂，仔細地聞了聞，沒什麼呀；我再湊近她的肩頸與髮梢，又細細地聞了聞，就只有股淡淡的汗酸味而已。

當時我安慰她說：「媽，您眞的還好耶！沒什麼味道呢！不用天天洗頭擦澡啦！我會告訴哥哥及看護的。」

接著該吃午飯了，我拿出剛從粵菜館買來的清炒蝦仁及瘦肉粥，給媽媽及哥哥吃，我和爸爸則陪坐在餐桌旁邊，看著他們吃。媽媽除了氣喘得可怕之外，倒還能自己吃飯。她一面吃，一面問我和爸爸：「你們爲什麼不一起吃呢？吃完飯後可以多坐一會兒啊！」我當時一陣心酸，覺得媽媽這句話中，透出一股依依不捨的淒涼味道。

但因爲當天是星期日，看護放假，沒人做飯，我爲了減輕哥哥的負擔，因此把帶來的飯菜都省下來不吃，好讓他們晚上不用做，可以再吃一頓。就因爲如此，我們不能久留，不到一點鐘，我帶著爸爸離開了。

兩天之後，我忽然好想聽媽媽的聲音，就打電話回娘家，在電話上覺得媽媽除了氣喘之外，還有點口齒不清，而且沒說上兩句話，就迷迷糊糊地講不下去了。我趕快追問看護，她說媽媽昨晚沒睡好，剛剛要求多加了一顆安眠藥，要小睡一會兒。我不疑有它，就掛了電話。

晚上七點鐘，我打電話去問哥哥，他說：「這兩天媽媽病情惡化了，每次如廁時，她都站不起來，全身的重量幾乎都壓在看護身上。」我一聽不對勁，就急著說：「你快去叫救護車，把媽媽送進醫院啊！」

哥哥猶疑了一下，說：「媽媽吃過晚飯後，氣喘了好一會兒，這才剛服過藥，安靜地睡下了，別再鬧她吧！妳明天一大早來，看看情況，我們再做決定。」

我忐忑不安地放下電話，眞想即刻飛奔到媽媽病床邊去看看，但礙於哥哥說不要打攪媽媽的美意，就只有心神不寧地在家中坐著，一心一意等著明天的到來。

結果，明天還沒來，電話就響起，我心知大勢不妙。果然是哥哥打來的，他發現媽媽於半夜十二點左右，在睡夢中停止了呼吸，他急忙將媽媽送進附近的國泰醫院，正在搶救中。

當我以最快的速度衝到國泰醫院時，看到的只是身體逐漸僵硬的母親。想到這幾個鐘頭之差就成了天人永隔，我嚎啕大哭，心中不知該怨恨誰、該責備誰？我拉著母親尚有餘溫的雙腿不放，好像要緊緊抓住她生命最後的訊息。

若早知道兩天前的中午，是我最後一次陪母親吃飯的機會，說什麼我也該留下來呀！若早知道還有兩個月要熬的媽媽，會突然被愛她的主提早接走，無論哥哥說什麼，我都應該趕去媽媽身邊，陪媽媽走最後一程！可惜，一切都太遲了！

媽媽生前，我常計較媽媽給我的母愛不夠多；當媽媽的遺體火化了，我才跪拜於她的骨灰前，崩潰於她的遺像前，深深自責我付出的不夠多。我懊惱送她的漂亮衣服不夠多，請她吃的美食不夠多，讚美她、感激她的話語不夠多。上蒼啊！爲什麼不再給我一次彌補的機會！就一次機會啊！

三年的時光過去了，當一切都好似灰飛煙滅時，我腦海裡卻深深地浮現出那個金色陽光灑窗紗的上午，我最後一次和媽媽最親密、最接近的一刻。那時我躺在媽媽身邊，細細聞著媽媽身上的味道，從她的手臂、肩頸與髮梢，有一股淡淡的、酸酸的味道，慢慢地流動著，久久不去……。

多美好的一刻！我將終生懷想它！

TDP

母親的廚房

丁凡

母親過世二十年了，卻仍然是我心靈永遠的故鄉。母親的愛像是一張織錦毛毯，由許許多多小小的回憶交織而成，溫暖而美麗。其中，母親在廚房張羅食物的回憶最爲鮮明。

媽媽結婚前在河南老家當大小姐，從來沒做過飯；隨著爸爸的軍隊到了台灣之後，跟著眷村的鄰居學，做的是大江南北各省菜色。我印象特別深刻的有茄子夾、醬爆蟹、魚凍、燻魚、蔥油雞、紅燒栗子雞、芋泥鴨、炸醬、八角毛豆。我也特別喜歡在廚房裡混，黏著媽媽跟進跟出地吵著要幫忙。媽媽說我心細手巧，會派給我各種好玩的事情做。

媽媽常常做茄子夾。做茄子夾的時候，我負責切茄子，中間那一刀不可以切斷，要切得夠深才能塞肉末，切太深了又怕會斷，很需要一點巧勁。不過，萬一切壞了也沒關係，媽媽從來沒因此罵過我。我也負責在茄子切口裡塞肉，媽媽說我最會塞了，塞的肉特別多，特別好吃。我聽了誇獎，就更努力地把茄子塞成了大堂鼓。

媽媽把塞好絞肉的茄子裹上麵糊，在油鍋裡慢慢炸；火候要剛好，火太小裡頭不會熟透，火太大外頭會焦，就像煎餃、煎蘿蔔糕一樣，需要時間與耐性。因爲是慢活，又要趁熱吃，茄子夾起鍋的速度永遠跟不上哥哥姊姊們吃的速度。哥哥姊姊會一人拿一付碗筷，站在廚房門口排隊等著熱騰騰的茄子夾起鍋，你一個、我一個，算得清清楚楚，絕不肯吃虧。我不敢吃茄子，但是也在一旁等。等著媽媽炸完茄子夾之後，會用剩下的麵糊攤一大張餅給我吃。我挺得意只有我一個人有餅可吃，但是哥哥姊姊們早已經心滿意足的吃飽走人了，沒有人留下來羨慕我的餅，只有媽媽微笑著問我：「好不好吃？」

做醬爆蟹的時候，我總是逃得遠遠的，不敢看媽媽刀起刀落把螃蟹從中間一剁爲二，活像《水滸傳》裡開黑店賣人肉包子的孫大娘似的。我總要隔著房門從客廳喊：「下鍋的時候要叫我喔！」我喜歡看大油爆蟹時，鍋裡一陣花花的煙霧瀰漫。眞是熱鬧！

有一次新聞報導說：明星西點蛋糕店六十週年慶，老闆煮了蔣方良女士愛吃的俄羅斯魚凍。這魚凍需要拿魚皮熬煮五、六個小時，倒在模型裡，加入煮熟的魚和甜椒放涼。我媽媽以前常做這道菜呢，不過她不放甜椒，而是放豌豆。

做魚凍時，我負責在魚凍裡放豌豆；豌豆放太早會沉到底下，太晚，魚凍已經凝了，就會放不進去。我總是在桌邊盯著看，每過一會兒就摸摸盤子，看還燙不燙；摸呀摸呀，等到溫度差不多之後，就要仔細看它的光澤變化，選那最恰當的時候，把豌豆一顆一顆擱進最恰當的地方，不能太密，不能太鬆，要美美的散開來。

做燻魚的時候我幫不上忙，只知道媽媽會買市場裡最大隻的草魚。魚來了，還是活的，媽媽用大菜刀的刀背把魚用力打昏，然後切掉頭，再一片一片地橫切魚身。這個我也不敢看。有一次，我以爲殺完了，回到廚房想看媽媽醃魚片，或許可以弄到往醬油裡攪拌白糖的好差事，卻不防魚的頭在砧板上，身體沒了，卻還在張口哈氣，一張一闔、一張一闔……。

做蔥油雞的好看在最後。蒸好、剁好的白斬雞齊齊整整地排在大盤子裡，上頭鋪滿細蔥絲，蒸出來的雞汁另外在小鍋裡煮滾了，刷的一下淋在雞肉上，蔥絲立即被燙軟了，噴出香氣。媽媽會把雞汁過出來，再煮滾了，再澆，如此三次，不多不少。然後小鍋裡放三大匙油，用大火煮滾了，把滾燙的油刷的一聲澆在雞肉上，油亮亮的噴香，這才上桌。

做魚鬆和做麵茶的手續很像。我們去市場買鯊魚肉回來，切小塊，加上醬油和糖，用慢火，一慢炒一面翻攪，又要顧火、又要顧鍋地不讓它焦掉。一炒就是一上午，滿屋子噴香。炒到後來，魚肉開始酥了、乾了，比較不沾鍋的時候，媽媽會讓我也攪鍋鏟。肉鬆常常被攪到鍋子外頭，就可以撚起來吃掉。麵茶則用麵粉和糖，也是用小火慢慢炒，炒到噴香，有點變顏色了就成。這個我也炒過，灑出來的自己先吃。

做紅燒栗子雞的時候，我負責泡栗子，用縫紉的錐子挑去栗子毛。我極喜愛這個工作。坐在門沿上曬太陽，一個一個栗子的挑。老母雞嘓嘓在旁邊踱著步，希望我給牠一點栗子碎屑吃。

做八角毛豆時，我負責剪毛豆。那時候，市場賣的毛豆一叢一叢，連著莖賣，像在賣一把一把的花。我用剪刀把毛豆莢剪下來，順道剪出一個開口，讓八角醬汁更入味。這也是坐在門檻上的閒差事，一面剪一面唱歌——如果爸爸在家，他會叫我閉嘴，不要再鴨子叫啦！

春天有粉蒸肉，粉蒸肉是家鄉名菜，只要是湖北人大概都知道這道菜。我最愛吃的是墊在肉下的材料，因季節不同而改變，有去皮去子的南瓜、蕃薯、馬鈴薯、莧菜、波菜、茼蒿菜等。那些易出水的青菜，媽媽也不知用什麼方法，先將水給去除後，拌上蒸肉粉擺在底下，放入蒸籠；蒸好以後，那些墊底的蒸菜常常都是先吃完的，剩下的肉，媽媽也有辦法讓它很快地被掃光。第二天，她會用小火慢慢地把肉煎得焦焦的，肥油被煎出來以後，吃起來一點也不膩，所以很快就能讓我們搶著下肚。

有一年，媽媽看到植物園的荷葉長得十分翠綠，便告訴我用荷葉包粉蒸肉非常好吃，於是第二天一早，我就拿了一把小刀，到植物園的荷花池，割下二片荷葉拿回家——雖然這是不對的，但爲了媽媽想吃，只好這麼做了。媽媽利用新鮮的荷葉，包上已裹了粉的肉，再用牙籤固定，送進蒸籠裡蒸。正好那天讀高中的鄰居男孩，忘了帶鑰匙，回不了家，在我們家門口走來走去，一問才知道，父母不在，他也沒吃中飯，就請他到我們家吃飯。他從來沒吃過粉蒸肉，也不知道那是荷葉，覺得很好吃，所以連荷葉都吃了。我很緊張地看著媽媽，媽媽說：沒關係，荷葉是可以吃的。由此可知，媽媽的手藝眞不是蓋的。

竹筍炒肉絲：住在復興鄉時，每年三、四月，鄰居的大姊姊會帶我到山上拔竹筍，回家後先把竹筍殼一層層剝掉，媽媽再把它們先放在鍋裡煮熟，然後才切小段，炒肉絲，或紅燒都非常好吃。有時竹筍的數量太多，吃不完的還會把它曬乾，收起來以後再吃。

夏天天氣很熱，媽媽會在茄子盛產且便宜的季節，買很多茄子回來，洗淨、去掉蒂，放入蒸鍋中蒸熟，等茄子不燙手時，慢慢把茄子皮剝掉，再將蒜頭拍碎，加入醬油、麻油、胡椒、鹽等調味料一起拌勻，就可以上桌。這道涼拌茄子一上桌，從來沒有剩下過，永遠都是盤底朝天。

我生完老大時正是秋天，在家坐月子，同學來看我，媽媽留她們吃中飯；那天媽媽正好煮了蓮藕排骨湯，粉粉的蓮藕——直到現在我都無法忘記那個好吃又幸福的味道。

有一年，爸爸的表弟從基隆來我們家過年，帶來好多鰻魚乾，據說是漁船一進了基隆港，叔叔的同事就趕過去買了一整箱鰻魚，他們還幫叔叔處理、曬乾，然後再交給他。媽媽覺得鰻魚沒有油，所以把五花肉跟鰻魚乾一起紅燒，結果是，那一餐，整鍋的飯全都被我們吃光，因爲這道菜實在下飯。叔叔知道我們喜歡吃，就每年都請同事代爲購買及製作鰻魚乾，然後郵寄到家裡，後來一連好幾年的冬天，我們都有鰻魚乾與五花肉可吃。

過年前更是精彩，媽媽會做年糕、灌香腸、豆腐腸、肝腸，還會醃臘肉、臘雞、臘魚，就連火腿都曾試做過。做這些菜，除了每天曬、收的動作不可少之外，另外就是煙薰的工作，那可是大工程；要把那些臘味薰到深黃褐色，而且還要有一股薰香味，才算大功告成。

媽媽處理年糕的方式讓我至今難忘，第一種是雞蛋打散後，放入一點鹽，把年糕裹上蛋汁，鍋裡放油，再將裹上蛋汁的年糕用小火慢慢地煎，煎軟後裝盤，年糕會比較不甜也不膩口。另一種方式則是把年糕切成薄片，鍋中放少量的油，用小火慢煎，煎軟以後包入酸菜，那眞是人間美味。但是這兩種作法都非常花時間，所以只有在客人來訪時才有機會吃到，否則就我們娘倆一眼就走了，五十多天沒有回來；後來大姨媽從青島來看媽媽，硬是把苦著一張臉的爸爸從外面拉回家。看著看著，爸爸臉上漸漸露出了笑意，因爲看到這個小丫頭有一雙和他兒子一樣又黑又亮的大眼睛，這才認了我，從此把我當兒子養。

他不許媽媽給我穿開襠褲，不可以紮小辮子，梳著男孩子的小分頭，直到上小學才留娃娃頭；我腳上總是穿著迴力球鞋，上國中時，我眞的像男孩子一樣，比爸爸還要壯實高大。

我可以從胡同外挑兩大木桶水，裝滿家裡的水缸；我幫他劈木柴、打煤磚，中午放學後還要過東浮橋給他送飯。民國五十年我上高中二年級，媽媽突然中風臥病在床，我更是主要勞力，擔起所有家務。過年我和他一起掃房子，糊窗戶，三十晚上我能讓全家人吃上熱騰騰的餃子。爸爸知道是我幫他撐著這個家，他沒有太多話語，滿足時總會用手拍拍我的肩膀。民國五十二年爸爸因胃穿孔住院動手術，我日夜陪在他的床前，我永遠也忘不了他深情望著我的那雙眼神。但我知道他仍沒有忘記他的兒子。

生下我這個小丫頭給媽媽帶來許多困擾，在她最需要有人照顧時，爸

民國三十二年媽媽與大姊的合影，彼時我仍在媽媽隆起的肚子裡。

爸卻因我而離家出走；趕上兵荒馬亂的年代，媽媽也吃了不少苦頭，她更因爲沒有再爲爸爸生個兒子，一直心不安寧而自責。

這張照片上沒有爸爸，乃憾事之一；躲在媽媽大褂裡的嬰兒由男變女，則又一樁憾事。爸媽帶著沒能傳宗接代的遺憾而離世，但天底下到底有多少憾事？怎麼才能彌補這缺憾呢？苦思冥想，罷了！就把缺憾還諸天地吧！

嗎？父親是她最緣淺的長子，難道不該多相處幾年，好讓父親能彌補因少小離家而欠缺的母愛嗎？

就像從天上掉下來似的，奶奶忽然進入了我們的生活，但卻又說走就走地上了飛機。這一去，我再也沒有奶奶可叫可喊了！娘家空氣中的山東味，有如山谷中的雲霧漸漸消散。

再見到奶奶，是三年後在山東威海田村郊外的一坏黃土前。

從怕到愛

江德怡

一打開電腦，螢幕就會出現我挽著母親、依偎在她身上的照片，那是民國九十年的大年初二回娘家時拍的，這是我與母親最親密的照片。

從小我對母親的感覺是又愛又怕。出生時父親在林班工作，我是四女，在重男輕女的年代，母親生下我沒有任何喜悅，當鄰居一對沒有子女的夫妻向母親提出要收養我時，她馬上就把還沒滿月的我送人了。父親聽到這消息，找人捎信給母親，說他生下孩子卻無法撫養，無顏再見鄉親父老，決定不再返家，但會每個月寄安家費。母親看完信立刻把我抱回家，這才得到父親的諒解，或許是這個原因，加上我是么女，父親特別寵愛我。

從一開始我就是母親不想要的孩子，未滿週歲時，母親手臂骨折，好長一段時間她用一手一腳替我包尿布。父親生重病時，母親請人算命，算命師說父親犯白虎星帶凶，恰巧我屬虎；我十一歲時父親過世，二十一歲時母親得乳癌。母親乳房手術後不久，在從高雄坐車回家的路上，她把我「逢一」就帶給她不幸的遭遇抱怨給我聽，我靜默不語，心中卻直淌血。

長大之後，慢慢了解母親對我充滿了歉疚和複雜的情緒。我是她的么女，本應最得寵；從

此張與母親親密依偎的合照，成為電腦桌面，時時陪伴著我。

小我的功課最好，比賽得獎最多，帶給她最多的榮耀；當兄姊一個個離家讀書和出嫁，我陪在她身邊的時間最長；升學念書從來不用她操心學業和學費；和她相依爲命最久，她應該是最愛我的。可是算命先生的話和三個巧合，讓她不得不怨我帶給她諸多不幸；而我年幼就失去父親，又讓她覺得不忍和不捨，所以對我是又愛又怨又心疼。面對含辛茹苦且充滿病痛的母親，我不怨恨她對我的冷漠和聽信算命師的話，反而更心疼她內心的矛盾和掙扎；我除了以行動表示孝順和愛之外，心中更時時祈禱在我三十一歲、四十一歲，甚至五十一歲、六十一歲時，母親都能平安健康。幸好三十一歲那年，母親非常平安，此後也享有子女的呵護和孝順，她也不再提起我的年齡逢一所帶來的不幸遭遇。自從我結婚後，母親過去的冷漠和怨恨都不見了，只有滿滿的關懷和疼愛。

從二十二歲到四十三歲，母親雖然經歷過兩次生死關頭和大大小小的病痛，但都不在我「逢一」時，我很高興算命師的說法破解了，母親好像也忘了，她開始信任我、依賴我。每次要開刀或重病後休養，都要我陪她；她對我們不再像小時候那樣嚴格，變得慈祥無比。

民國九十三年，母親壽終正寢，她七十三歲，我四十三歲。

最後一張合照

翟永麗

媽，這是我和您最後的一張合照，是我刻意照下來的。

九十二年春節前一週您發病，這個病來得又急又猛，本來已經報名帶您去昆大麗旅遊的行程不得不取消，但我萬萬沒想到，此後再也沒有機會帶您出遊了。

在台北榮總住了三個月，母親節前您回到嘉義，您說好想要一個好的炒菜鍋，我陪您到家附近一家電視購物的門市，挑了一個鋼鍋，您中意極了，只是回程時，短短五十公尺的路程，您如何也走不動。媽，您知道嗎？那時候我怕極了，因爲那時刻我忽然感覺您似乎要離我而去，這是我無法接受的啊！您的身體一向健朗，前一年八月帶您遊三峽九寨溝時，您還和我們一同在珍珠灘上上下下，怎麼不到一年的時間就孱弱至此？

九十二年五月二十一日，我陪您在家看電視，那時候正是SARS肆虐的季節；您說：「眞可惜，妳轉換工作的這半年不能出國去玩。」我說：「在家好好陪您更值得啊！」從大學畢業進入職場後，就沒有像這樣鎮日陪著您聊天、談連續劇、散步、做飯給您吃了。您說：在眷村住了半輩子，從沒住過新房子，現在「經國新城」已經動工了，不知道有沒有福分住個新

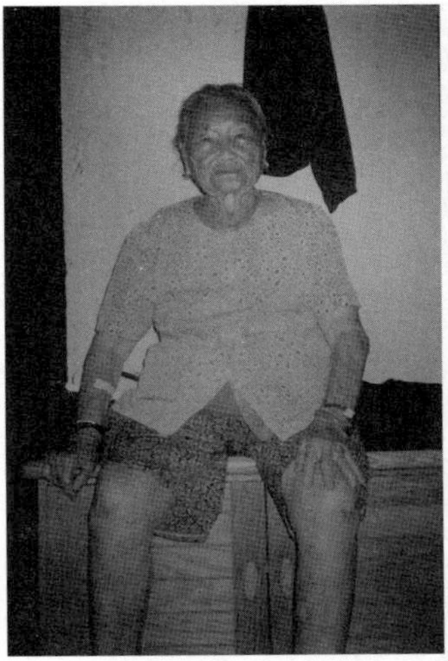

外婆。民國 91 年 6 月 9 日攝於新營。

母親。民國 57 年 10 月 31 日攝於玉井相館。

母親、哥哥與我。民國 65 ～ 66 年間，拍攝於台中某相館。

貴溪

畢珍麗

幾年前，我踏上了母親的故鄉，站在孕育母親的這片土地上，看著跌入時光隧道的母親。就如同她純樸的故鄉一樣，從小到大我不曾看過母親爲自己花錢買化妝品、保養品甚至只是一條口紅，更不用說逛百貨公司、買名牌之類的奢華消費了。母親總是用人家送給她的口紅，而這也只是近十來年的事，她曾經說過：「妳爸不喜歡看人家搽口紅，他會說像吃了死耗子似的。」

從小聽母親說她們江西有句土話：「女兒聽說回娘家腳打連踏，說到回婆家腳爬沙。」這或許是所有嫁出去女兒的心聲吧！但是她卻從十四歲躲日本鬼子開始，就再也沒有腳打連踏的機會了，故鄉成爲她午夜夢迴、淚濕枕巾才能重溫舊夢的地方。

記得小時候每逢母親節或母親生日，我們姊妹原本都說好飯後要幫著洗碗；可是等到吃飽了飯，先前的允諾也給忘了，可笑的是姊妹之間還會爲此互相推諉，接著是表演耍賴，再進而演變成吵嘴。母親看在眼裡、氣在心裡，但她並不因此打罵我們，反倒是搶著把碗筷洗了；哀怨地邊洗邊落淚，還邊唱那首〈秋水伊人〉，至今我依舊清楚記得歌詞的前幾句：「望穿秋水、不見媽媽的……。」到了這時候，無論我們多少對不起，都無法將母親從悲傷中抽離。兒時記憶裡，母親很忙碌，哪有空閒話家常呢！直到六〇年代之後，才比較有機會聽母親說家鄉的情事，看母親走在回憶的長廊裡，也是彼時才知道原來我還有個當校長的秀才外公呢！外公幫人寫狀子，那人卻把自己的閨女許給了外公，這女孩從此當了受罪的媳婦，就是我的外婆。母親總會訴說外公的光榮事蹟，當然更不會忘了心疼自己的母親，如何受小姑欺侮，又如何受婆婆虐待。

母親常說自己是外婆的「細女兒」（小女兒之意），話語裡那種小女兒該有的嬌弱表露無遺，只可惜因爲戰亂，母親跟著大她十二歲的姊姊逃離了故鄉，和自己的親娘永遠分離。從那一刻起，母親必須長大、必須快速地長大，因爲「細女兒」的身分如同故鄉一般，離她越來越遠了。

她從小身體不好，或許因爲她是外婆四十一歲才生下的孩子。體質先天不良的她，八、九歲爲了躲日本鬼子蹲坐在山洞裡，屁股上就能長滿了瘡，再加上口腔潰瘍、爛到牙床破得連嘴都閉不上，還得用手巾接著流不止的口水，院子的長板凳上總有母親哀號的身影。那時候她最常說的話就是：「天天都死人，怎麼不死我啊！」外婆自然心疼自己的小女兒，一聽說哪兒有得醫就帶母親去求診，結果村裡有人用非常昂貴的價錢賣給外婆一些粉末狀的藥，叫母親把那藥粉按在潰爛的傷口上，還眞的醫好了。外婆因此花了不少錢，但後來才知道，那是村人詐騙的技倆，不過是誤打誤撞才醫好的。知道那粉末是啥嗎？原來是村人把馬桶內厚厚的尿垢刮下來，放在鐵鏟上再送進灶裡烤乾後壓成的，到底是什麼醫學原理或者只是湊巧？至今依舊無解呢！

回到母親的故鄉，還有位她的大表姊長住在那，爲了讓母親解饞，表姨特地煮了家鄉米粉給母親品嚐，我們自然也跟著沾光了。母親吃在嘴裡，回憶如同狂潮般奔騰而來；她依稀記得做米粉的原料叫螺王米，米粒是扁扁的，上面還有環狀的螺紋呢！我可是生平第一次吃到如此有彈性的米粉，Q軟中更富嚼勁；裡頭的配料雖然不多，卻不知不覺地把三碗米粉吃進了我的五臟廟。

一邊吃，母親一邊回憶起兒時的吃食；她最記得想吃肉得等到過年的時候，平常日子除非隔壁村子殺豬，才能買到一些些回來，說到這，她像聞到甜美的肉香似的，嘴角不自主地飛揚了起來。那好吃的紅燒肉，江西人叫「炆肉」，在炆肉中加些油豆腐、蒜苗，滋味可是美極了！這才令我想起，母親也經常烹煮一鍋加了油豆腐和蒜苗的紅燒肉，我最愛在便當盒中和它來個午餐的約會呢！想來這炆肉對母親來說不但是打牙祭，更是撫慰心靈的一帖良藥。

民國 72 年，母親和姨媽重回故鄉，把外公浸在水中的墳遷出，兩老姊妹在故鄉的一坏黃土前哭喊著爹娘。

接著，母親想起了外公。外公總愛小酌，更愛用炸成焦香的泥鰍當下酒菜。母親小時候可是跟著外公念古書的，後來搬到城裡念小學，直接就進了三年級，才讀了上學期，老師就讓母親轉班到四年級就讀；念了下半學期的四年級後，一開學，立刻又給母親升上了五年級。想來，那該是虎父無犬女的道理吧！

戰亂，迫使母親必須遠走他鄉，跟著姊姊來到台灣，母親成爲姨媽的當然幫手；直到現在，姨媽的大女兒還總會跟母親說：「小姨妳怎麼比我媽媽對我還要好？」聽得我不免有些吃味。

母親是一個濫好人，從來不好意思跟人家說個不字；用心機、耍心眼的事，對她來說更是高難度的技倆。最記得母親總是說：「妳外婆常說吃虧就是佔便宜啊！」我相信她是眞的把外婆的話記在心上，因此印象裡還眞不曾看到母親與人斤斤計較，和她熟識的人個個都讚許她。

母親不高、不漂亮、不懂得什麼保養美容之道，不知道流行時尚是啥玩意兒，當然也不曉得東區的哪一家店正賣著什麼熱門商品；她只是一個被迫在少女時期就離開母親、離開故鄉，而且一去成永別的女子。

在兩岸尚未開放的年代，母親和當年帶她離開的姊姊重回故鄉，見到的只是一堆黃土；那對老姊妹再多的哭喚，也不可能讓時光倒退，那怕僅僅倒退一步……。

幾年前，我踏上了母親的故鄉——江西省貴溪縣。站在我身邊身材矮胖、滿頭華髮的老太太指著遠處的高山訴說：「從前躲日本鬼子就是在那個山洞裡……，那裡有一座土地廟……，妳外公就是……。」

我的手緊緊地握著她的！

囧二媽

盧遠珍

這張照片，是我跟二媽在民國三十三年合照的，那年我才十四歲，微黃的照片，依然看得出南人北相、女人男相的二媽，一個老姑娘，她眞是具有多重面相：

第一面相：喝茶敬夫。

父親雖然是律師，但也練拳習武，每天早上耍完三節鞭，按家規父母要先喝一壺茶，等他們喝完茶，才輪到子女上桌吃早點。偏偏二媽就有抒發導引談心的特質，總是把壺茗茶不下桌，我和小弟始齔之年，每天早上餓得饑哩咕嚕，早點已準備好老媽子不敢開筷，我心只求她慈悲早點結束 tea time。苦等、乾等！餓得眞難受！所以到了志學之年，早早逃之夭夭，輾轉來到我安身立命的寶島台灣。

第二面相：彰顯巧手。

為什麼有這張合照？就是因為照片中的我身上穿的新衣服，是二媽進門後親手做縫的；她先後做了兩件旗袍，她一件，我一件，完工後硬拉著我合照存證。聽媒人說，她的女紅硬是要得，鉚皮襖、駝絨袍、繡門簾、做鞋梆子，另外還燒得一手好菜，總之，後來在我家生了三個壯丁，從此，再也沒時間為我做新衣服了！

六十年一甲子過去了，雖然她是漢家女子能幹精明，爸是鑲黃旗（東北人）允文允武，卻都逃不過大時代的宿命；文革時候，二媽又拾起針線，聽說，養家活口全靠那絕版巧手！

想那「老掉牙」的照相機

王少芬

民國四十八年四月，姊夫從部隊來津探親，帶了一部蘇聯舊相機。那個年代，相機大都是外國貨，極少家庭有這「洋玩意」，大家都覺著新鮮。第二天早上，天氣特別好，姊夫就在院裡先爲我們姊妹三人拍張照片。當時北房在維修，很是雜亂，就用一條大床單搭在曬衣繩上做背景。

望著這張四十九年前的照片，三姊妹的模樣，還是蠻可愛的。大姊含情脈脈的雙眼，右邊的我和前面的小妹笑得那麼靦腆、不好意思。這是我們第一張合影。

我一直到八歲，因爲當花童站在新娘身旁，才在堂哥結婚的集體合照中留下了自己小時候的樣子。那時也是將照相師傅請到家，二十多人站成三排，最右排的人都踩著小板凳；師傅矇在一塊黑布裡面，三腳架上的黑盒子對著我們，聽大人們說裡面的人都是倒立的，就是一塊黑玻璃底板，再洗出照片來。

現在姊夫手裡的小相機先進多了，是一捲底片，可以照三十幾張；但也有一些難度，如果光圈和焦距沒對好，就拍不出好照片。大家都爭著跟姊夫學照相，親朋好友借來借去，它爲人

民國 68 年荷花池畔姊妹仨的第二張合照。

民國 48 年，姊夫用蘇聯舊相機為我們留下的首張照片。

們留下美好記憶，姊夫將相機留給了我們。

好景不長，進入六〇年代，黑雲籠罩著大地，天災人禍讓每個人都喘不過氣來，在那艱苦恐怖的日子裡，大家忘記了它，它被冷落在櫥櫃裡整整二十年。

民國六十八年八月，改革開放的春風吹散了烏雲，老相機才又重見天日。我們姊妹三家人一起出遊「水上公園」時，姊夫又舉起了它，在荷花池畔爲我姊妹仨拍了第二張合照。二十年的歲月，把我們帶入中年；大姊和小妹笑得那樣呆板不自然，我一臉肅穆的樣子——民國六十年年輕的丈夫在一夜間往生後就再也沒有笑容。民國八十二年，我再婚，跟先生來到了台灣。

民國八十八年十月，我回津探望大家，在大姊家裡，姊夫再次舉起那「老掉牙」的相機，喀嚓一聲地拍下了第三張合影。我摟著大姊和小妹，心花怒放，大家都笑得那麼燦爛、美好，眞是二十年河東，二十年河西，人生由黑白變彩色。我仍越活越年輕。

姊夫把這台相機送給我，如獲至寶；可惜的是，在回家的路上，裝著寶貝照相機的手提包忘在計程車上，反覆找尋，渺無蹤影，懊惱萬分。

四十年，彈指之間，在這科技高度發達的數位時代，「老相機」，你在哪裡？但願你仍留存世間，爲歷史做見證。

民國 88 年回津探親，與姊妹們第三度合影所留下的美好記憶。

小店

崔翔雲

群山環繞著村子，當初遷村時是看好這端地高，村民不會再受淹水之困，然而位於水源末端及地處高地，因此，反衍生了日後缺水之苦。村民退而求其次的想，有國家配給的免費屋舍也就不求啥了。

村子中央有座水塔，約三層樓高，每天水車送兩次水，再由管線將水抽到水塔內；下午四點三十分起，全村可從自家水龍頭收到十分鐘的水。因此，澡盆、水桶、鍋子都成了收集可用水的容物了。

二百多戶的小村莊，匯集了來自各地的遷村村民，大夥也多是熟識的老鄰居，只不過在重新洗牌後，調換了左右鄰居而已。村民的生活依然清苦節儉，微薄的薪水要養活一家子，另謀財源成了不得不的生存之道。

水塔底層是村中的自治會，旁邊的空地上常會辦些活動，如蚊子電影院、衛生所公共衛生護士的健康指導，或是江湖郎中的跌打膏藥賣藝等，水塔四周成爲村民活動的中心。因此，不及三、五十步的距離開了三家雜貨店，雜貨店沒招牌，只是將自家客廳或廚房騰出一些空間，自行釘的木頭貨架上多是民生用品，例如飲料、糖果、醬油、米粉、蛋等。密集的小店要爭取二百多戶村民爲顧客，自然競爭激烈。

水塔對面的雜貨店是王媽媽開的。

王媽媽患有白斑症，皮膚黑一塊白一塊的，因此，「王蛤蟆」之名逕自傳開。王蛤蟆敏感多疑，若久久不光顧小店，她一定直接問：「是不是哪得罪啦？要常來捧場喔！」王蛤蟆的丈夫大她二十多歲，不管事，家中大小都是由王蛤蟆張羅打點。她的長女已是二八佳人，得到母親的遺傳，皮膚白皙、婀娜多姿，不愛念書，國中畢業就找工作去了。半年下來，變得妖嬌美麗、作風大膽，常叼根菸坐在小店前，不得不讓人另眼相看，因此有了「王太妹」的別稱。偶而王太妹看店時，總有些油頭粉面的小伙子登門買東西，或有中年男子坐著計程車到小店找王太妹，聽說，王太妹在酒家工作，因此她的往來對象成了村民八卦話題。

水塔左邊是張伯伯開的雜貨店。

母親與古道熱腸的小店老闆娘——徐媽媽，阿英。

張老頭一點也不髒，清瘦不多話，小店貨不多，貨架始終擦拭得很乾淨，貨品排放整齊。張老頭的鼻頭上經常掛付眼鏡，取貨時，往往要推推眼鏡確定無誤後，再用布擦拭一遍才賣出。張老頭除了雜貨，另兼賣藥，若家中養的雞解稀青便，只要告訴張老頭雞腹瀉的次數、雞屎的顏色等，他便會取出瓶瓶罐罐倒入紙包內，囑咐如何餵食、多久即見效。說也奇怪，誠如張老頭所言，不久雞就痊癒。因此，張老頭也成了村民的家禽郎中。

水塔右邊的小店是年約三十多歲的徐媽媽開的，鄰居媽媽都喊她「阿英」。

父親的吉普車，讓我們成為村子裡第一個有車且配有駕駛的家庭。

阿英是位目不識丁的古道熱腸婦人，雖然沒念過書，但賣起雜貨來心算的速度可快得很，加上反應機智，因此，阿英是三家小店生意最好的。店前放了幾把小凳子，往往大夥忙完家事後，這兒就成了八卦轉播站，如昨天哪家夫妻吵架了、誰打牌贏了多少、哪家孩子考上明星學校……。

那時父親擔任主管，配有吉普車及駕駛，在村子裡是第一家有車、有駕駛的村民。

每每阿英見了母親就喚「乾媽」，年節常有人到家裡送禮，母親就拿些食物與阿英分享。若父親不在家，遇到罐頭打不開的時候，只有拿到小店請阿英用開罐器幫忙；

一起喝喜酒的眷村媽媽們，左一為阿英媽媽。

阿英總是左瞧右看一會兒後才打開，由於多是進口罐頭，打開以後還要研究半天，解了好奇心才讓我拿回家。阿英的丈夫是機電工，也兼營修理水電，常常家中保險絲燒斷，徐伯伯接到通知後便盡速趕來修復，費用分文不收，也因此母親就更照顧阿英了。

小店雖有競爭，久了，也有各自的客戶，倒還相處和睦。

未經數年，孩子長大了，房舍老舊了，大家的經濟也好轉，漸漸村民有能力購屋，逐漸，住戶開始汰換。當村子改建，兩百多戶從此眞的散了，有些搬到市區、有些在村子附近買房子、有些人則跟著孩子移民到美國。

在時間的更迭中，村民老邁了，偶而在菜市場遇到故舊，一陣滄桑感嘆，已不識村民身旁曾經愛打架的小虎子、書念的一級棒的小乖……。原來的村子已被高樓大廈取代，而那些小店早已塵封在歲月的泛黃照片裡了。

小河邊洗衣服

劉菊英

前些日子整理櫃子，看到久違的相本瑟縮地立在櫃子旁，懷念的心情不禁油然而生。翻開相簿，一頁頁成長的軌跡，美麗的回憶就此展開！

我的目光停留在一張四十年前的泛黃照片上——是我和大妹、鄰居阿美、阿華一起到河邊洗衣的時候，被喜愛攝影、到處捕捉鏡頭的鄰居所拍下來的珍貴畫面，看到它，整個思緒宛如走進時光機般，倒流至四十年前。

四十年前，新竹關東橋裝設自來水的家庭少之又少，大部分人家喝的都是井水，至於洗滌蔬菜、衣物，及田園灌溉，則靠附近的小河流。記憶中，這條小河來自竹東二重埔通往關東橋的支流，附近有許多營房、眷村、住戶和商家，加起來約有百來戶吧！

雖然只是一條小小的河流，但它可是肩負洗滌、灌溉還有拉攏情感的重責大任呢！每天清晨，婆婆、媽媽、嬸嬸、阿姨、姊姊、妹妹……，都會不約而同地來到小河邊洗衣服。大夥邊洗邊聊，東家長西家短，無論是村裡的大事還是誰家的芝麻小事，透過洗衣時的交流，幾乎傳遍鄉里。

洗衣服的石頭，是從溪裡撈起來，選擇較平滑的長方形，或表面粗糙的橢圓形，用一大二小的方式疊成斜坡式的洗衣石，這樣水既方便流下，衣服也能洗得很乾淨。不過洗衣石少，洗衣人多，所以大家要錯開時間來使用。我和大妹及阿美、阿華爲了能找到好石頭，每天清晨約四點左右，就會提著裝滿衣服的四方大竹籃和放肥皀的橢圓形肥皀籃，相約到河邊。四人一路有說有笑，一點兒都不覺得天暗或寒冷，不一會兒就到了小河邊。因爲一大清早還沒有人來洗衣服，小河的水非常清澈，可以看到許多魚兒游來游去，還有許多蝦蟹，一看到我們靠近就趕緊往石縫裡鑽，眞是有趣！

四十年前河邊洗衣的景象。

洗著、洗著，天漸漸亮了，人越聚越多，大家邊洗邊聊，走了一批又來一批，有如市集一般。上午是婆婆媽媽們提著蔬菜和水果到小河邊清洗，下午則是婦女們到小河來挑水澆菜，從早到晚，人來人往，絡繹不絕。

假日時的河邊同樣熱鬧，孩子們提著水桶和魚網來撈魚、抓蝦、抓螃蟹、摸蜆仔，偶爾也有學生聚集在此烤地瓜。每到春節前幾天，家家戶戶大掃除、清洗被單床單時，小河邊更是熱鬧非凡，總是擠得水泄不通。

搬離此處已經四十餘載，未曾再回去看看，不知道那曾經充滿歡聲笑語的小河是否依然存在？是否仍有人在這裡清洗、挑水澆菜？撈魚捉蝦摸蜆仔？找時間我一定要回去一探究竟！

爲了一圓我尋找小河的夢，趁著一個好天氣的假日，和先生驅車前往那個讓我引頸期盼、魂牽夢縈的舊地，但越走卻越失望——昔日的平房已不復存在，高樓大廈林立，沿途的景象也全變了樣，就連那條通往小河的路，竟然怎麼也找不著了。昔日熱鬧的景象，溫馨的回憶，只能留在泛黃的相片裡，留在我的心底深處。

天涯孤影

孟訥

民國九十四年四月，我和親戚一家同去東京作賞櫻之旅，很幸運適逢其時地見識到櫻花從盛開到凋謝，短短的三天時間，感嘆著這瞬息絢麗的壯烈與淒美。第三天傍晚，起了一陣風又夾帶著雨，整座千島之淵的櫻花林，便只剩下一座花塚。我們心有不甘，立即搭地鐵再趕到上野去，好不容易找到了幾個座位，坐定之後，大家還在餘味無窮地談論千島之淵，「你們是打哪兒來的？」這句道地北方口音的中國話忽然響盪在車廂的角落裡，我們驚訝地循聲找人。「是跟旅遊團來的吧？」原來說話的是坐在門邊的一位中年女士，偏著頭帶著企盼的微笑看著我們。

我們也欣喜在東京地鐵中聽到鄉音，於是相互自我介紹。她是十五年前從中國瀋陽來的，知道我們要去上野，立刻說她也正要去上野，可以替我們帶路，那眞太好了。一路上愉快地聊著，目的地到了，她引導我們下車，親切地挽著我的手臂走著，頻頻詢問，也坦率地告訴我，她已有了日本籍，獨自一人住在政府提供的公寓，每月還領七萬多元的生活費，我也關心地問這數目夠不夠用？

「基本生活是沒問題的，但是……，怎麼講呢？……」她嘆了口氣就停住了。

我點點頭表示了解，又忍不住問她，當初是什麼目的來到日本？

「你知道十五年前中國內地的生活情況很差，有機會能來日本，你會放棄嗎？那時我有我的理想，想來這做些研究……，打算寫一本書。」

這幾句話又引起了我的好奇，接著問她是哪方面的研究？要寫什麼性質的書？

「有關近代歷史的。」

她回答這個問題時，眼睛望著遠處，充滿了嚮往又失落。

「那現在的進度怎樣了呢？」

她搖搖頭說：「起了個頭，沒能完成，這是我今生的遺憾，剛來那段時間，人生地不熟，還要打工，所以就沒辦法了。」

「那爲什麼不回去呢？」

她做了個無奈的表情說：「說來話長，我在瀋陽的媽媽，十多年前就去世了，那邊就沒別的親人了，所以……。不過之後要是有可能，我還是會考慮的。」

民國 94 年 4 月上旬在日本東京地鐵，忽聞鄉音；詢問之下，是由中國瀋陽來到東京十五年的王桂琴小姐，日名元田桂子。「寄旅聞鄉音，尋聲且借問。君自故鄉來，我家住台灣。」

一個初見面的朋友，兩小時的相處，談話就只能到此爲止了。

她送我們到上野公園，就是道別的時候了，她看我身上掛著相機，就說：「咱們難得萍水相逢，照張相留個紀念好不？」於是我們留下了這張合照，還交換了通訊地址，就分手了。

回到台北洗出照片，對這位謎樣的元田桂子或者王桂琴，仍存著很多想像空間，或許她曾有過一段日本婚姻，或許……。否則，才六十不到怎麼可能取得日本籍，又能領生活費呢？我把照片按址寄給她，卻沒有任何回音。

不久，在電視節目上看到一則特別報導，二次大戰結束前後，一批到中國東北拓荒的日本移民，因戰敗必須回國，無力帶走的孩子就讓他們留在東北；小的被當地人收養，大的就自力更生，廿年後才由少數還建在的父母發起尋找這批孤兒，中間有許多令人鼻酸的悲歡離合。我突然想到，莫非，孑然一身，從王桂琴成爲元田桂子的她，正是其中之一？那落寞的眼神，無奈的嘆息，那要寫一本近代史的心願……，不就是這一切的寫照嗎？

輯四

行囊・細語

微小的生活與物件，一旦擁有了記憶，就會逐漸龐大

暗夜歌影

艾妮

我一直相信，阿娘小時候曾經告訴我的：「在好久好久的好久以前，有一位從天上偷跑來人間七桃（台語）的小仙姑，不小心從女人崖跌下來，崖上凸起的尖石，刮掉了她袖上的彩帶；失去了彩帶的翅膀，仙姑再也回不去了，她的身體被困在人間，永遠離開了天上的爸爸、媽媽、姊姊和妹妹。」那位被遺落在人間的小仙姑的故事。

阿娘說：「仙姑的身體被困住了，但靈魂並沒有被綁起來，她很堅強，收起了在天上當大小姐的脾氣，一個人自己在人間紡織，做鞋養活自己。每天夜裡，等月娘出來了，她就會在月光下，對著天上唱人間的歌，她相信，她的姊妹們都聽見她的歌聲，有一天她們會來找她的。」

在每個父親夜歸的晚上，阿娘經常會爲孩子們說仙姑在人間生活發生的小插曲，那些點滴，彷彿和阿娘身上發生的一樣。每次，聽完母親講完，我就會仰起小臉，天眞地問阿娘：「阿娘，妳是不是仙姑變的？不然，仙姑埋在被裡偷偷的哭，我也在好多暗眠聽見妳在被窩裡哭呢？」

我那位失智的妹妹，聽我問阿娘是不是仙姑時，她會說：「妳好笨，阿爸打阿娘，阿娘才哭的。」

這時，阿娘會把妹妹抱在身上，輕輕地唱著仙姑的歌，我聽不懂阿娘的歌聲在唱些什麼，但那旋律卻一字一句地刻印在腦海中，迴盪不去。

仙姑一首首在人間唱的天上的歌，阿娘唱給了她九個心肝寶貝聽；她的兒女，也隨著歌聲日漸長大、遠離，但仙姑託給阿娘唱的歌影旋律，卻始終不曾斷過。

隨著時空的變化、生命情境的轉移，那一首首阿娘愈唱愈高亢的歌，像是從現實的鎝鎖中尋求釋放的靈魂，反覆播放著；一個遺落在人間，失去了親人愛寵、飽受孤寂、孤單活下來的心情故事。而當年被抱在阿娘懷裡，聽她唱歌的小女孩，也長成了。

在我的青春歲月中，有一段不長不短的時光，曾經陪伴阿娘在精神病院同住。三進三出的日子裡，在針藥退去的夜，阿娘的歌，迴盪在醫院空蕩的樓庭，驚醒了那一排被鎖在鐵屋的病人，他們也紛紛唱起自己才聽得懂的歌。

他們的歌聲和阿娘的歌聲，此起彼落的交錯，連成一串，彷彿招魂曲般，傳送到暗夜的邊界。

這時我已聽懂了阿娘唱的仙姑天上的語言：〈桃太郎〉、〈愛染桂〉、〈快樂的出帆〉，全是日本語。只是，我的靈再也不想和阿娘的歌聲同遊；疲倦的魂再也無力去承載一個女人半世紀那本厚厚的、充滿著悲鬱、心酸、自憐、無力的生命故事了。

我不想再聽阿娘唱歌了！因爲我很任性的在生氣，對阿娘生氣，氣她爲什麼都已經堅強了大半生，卻讓苦藥因爲悶久而浮晃出一抹薄薄的香氣？難道，她聞不到嗎？

爲什麼，她不再堅持到下一秒呢？

當我最後一次替阿娘辦出院，送阿娘回家以後，我幾乎是用逃的，甩開了照顧阿娘病癒的深沉十字架，從此就再也沒回去過。任由我生命的根，從此被輾斷、摧毀。

阿娘的歌聲像一個鬼魅般，無形地困住了我的靈魂，我經常在噩夢中，被她的歌聲嚇得一身冷汗而驚醒，我害怕自己也會走上與她相同的命運，尤其在家嫂臥軌自殺，兩人發瘋之後，我就更恐懼了。

每次靈魂被困，身體就開始出走，因此遷徙成了我的應對之道。同時，在出走的行旅中，我開始書寫，也意到筆隨的塗鴉。書寫如同大江之水，成爲激烈情感的舒洩。簡單一隻 **2B** 鉛筆，黑白兩色創作無數的層次色彩，舞蹈著生命的印記。

經過許多人事浮沉，終於學得，每個人都有自己的路要走，有自己的任務要完成。書寫生命的那隻筆，就握在手上，爲自己鋪陳什麼樣的情節，它就會展現你的所思所想。雖然一路走來，顛簸多於平順，但每踩踏過一次顛簸，面對恐懼的力量就又多了一層。慢慢的，我相信我不會和阿娘一樣，被關進瘋人院。

當然，生命還有許多難題，可能出現在不被預期的關卡上，但不管怎樣，痊癒是一條漫漫長路，所幸的是，每個人都有自由選擇的意志。

我選擇阿娘用日本語唱的〈快樂的出帆〉，勇敢迎接每一次風向；因爲我明白，我的心沒有疆域，我的路一直在走，我的方向一直在更新，我也一直在尋找。

阿娘啊！如果妳的歌聲還隨著妳的魂飄盪在月影下，請爲女兒暫歇一下，也聽一回我爲妳唱的：「卡模妹，卡摸妹……。」

媽媽的雪芙蘭

丸子

這盒「雪芙蘭」是我剛去早餐店打工時，老媽不忍見我的手因爲洗餐盤而被清潔劑傷得整個乾裂，買來送我的；她那時還買了好幾雙塑膠手套要我戴，只是我嫌麻煩而不肯戴——主要是怕同事笑我「秀皮」。當媽媽把雪芙蘭和手套交給我時，眼淚幾乎要流下來……。

從小，我的皮膚就很乾燥，童年時臉頰容易凍傷，媽媽總會挖一點她的雪芙蘭在手心，溫暖地揉在我臉上。很久很久沒有使用了，幾乎忘了還有這個品牌；當媽媽把這盒雪芙蘭拿給我時，它的藍色外盒與大大的「雪芙蘭」字樣，立刻勾起我的回憶，還有那個味道……，就跟二十年前一模一樣。忍不住學媽媽一樣挖一小坨在手心溫熱，用鼻子一聞再聞，我吶喊著：「就是這個味道！」一股暖意隨著熟悉的香味滲入心裡。

老媽是這樣的，平時很碎唸、很沒耐性甚至有點粗魯，但總能在第一時間察覺孩子心理、生理的脆弱，然後跳出來盡己之力保護我們。雖然只是一小盒保養品，卻滋潤了我成年後許久不被溺愛的荒枯感，這是一種難以言喻的滿足。

我把這盒雪芙蘭隨身帶在身上，不時拿來塗塗抹抹，媽看我帶著，也露出滿意的笑容，因爲這讓她覺得自己有幫上女兒的忙。其實濃稠呈乳霜狀的雪芙蘭很難被我的皮膚吸收，滋潤的效果有限，我的手仍然皴裂得很嚴重，但我還是喜歡用它，因爲它是媽媽對我的疼愛、是我珍貴的童年味道，它安撫我的疲累，以及，不想長大的心。

成年以前，曾有一段日子不喜歡媽媽，覺得她很粗魯，不懂我的心情；一遇到學校要開家長會或母姊會時，我就會緊張地跑去向爸爸哀求：「你去好不好？我不要媽媽去。」媽媽對這事一直很在意。多年後跟媽媽聊天，說到那段時間我們母女的隔閡，才知道那很傷媽媽的心，原來我這個做女兒的也很粗魯。

當我越成長，接觸更多人心之後，才體會到媽媽的辛苦與無奈；媽媽在這個家裡，不斷被賦予責任——長媳的責任、太太的責任、母親的責任、老闆娘的責任、敦親睦鄰的責任，完全沒有自己的生活與空間。她對人生的決定權在嫁入我們家以後就被剝奪，從睜開眼就不斷爲責任而忙碌；早起要張羅這個大家族的早餐、打理小孩上學的服裝，接著趕快洗衣服，因爲工人馬上就要來上班，身爲老闆娘的除了必須安排工作，還要負責接單、應付客戶、管理生產、作帳結算成本。午餐、晚餐也要趕回家料理，晚上還要幫四個小孩洗澡、盯功課，遇到生意忙的時候還要加夜班。爲了效率，她不得不用命令的口氣吆喝我們，因爲她還有好多好多事要做，沒有人可以爲她分擔工作，也沒有人心疼她的勞累，這絕不

是現在的人可以承受的生活，想到這裡，眞爲過去的不懂事感到慚愧，爲傷了媽媽的心感到不安。

家裡的工廠搬遷以後，媽對我們說了一句話：「還好有妳們這幾個女兒幫忙……。」我的心像被小刀劃了一道，緩慢滲出血，漸漸的痛，隱隱的痛。

「還好有妳」，這句話應該是我們對妳說的。

經過這段沒日沒夜的遷廠日子，媽媽的疲態更明顯了，好想讓她休息，好好地休息。

路孝忠
187
永康鄉
郵
711
1013

甜美的歲月

蔡怡

「我家門前有小河，後面有山坡，山坡上面野花多，野花紅似火……」，紮著兩條小辮子的我，開心地甩著頭，表演著剛從幼稚園裡學來的新歌，唱給正忙著用手搖縫紉機做衣服的媽媽聽。唱了好幾遍後，大我一歲的哥哥也搶著現寶：「胡說話，話說胡，喬麥地裡耪山鋤，一耪耪到棗樹上，椹子落得黑搭糊，張起包來……。」那是爸爸教他的山東老家兒歌。

在我們的童謠童語與歡笑聲中，媽媽更加賣力地搖著怎麼都跑不快的縫紉機；那台勝家牌桌上型手搖式縫紉機，是媽媽用標會的錢買來的。

那時，年輕的媽媽，留著半長的捲髮，正低著頭、弓著背，忙著替我和哥哥做新衣。所謂的「新衣」，是把媽媽從青島帶來的最心愛的棗紅呢子大衣拆掉，改成兩件外套，一件給我，一件給哥哥。懂得剪裁的媽媽，在我那件外套的衣領上加了個粉紅色蝴蝶結，而哥哥的外套則滾上一層黑邊，這樣，就男女有別了。

媽媽一面忙碌，一面蕩漾著喜悅的笑容，她一定是在想像，剛三、四歲的我們，穿上這兩件新衣服，將會多麼出色呀！因爲在那極度艱困的年代，這樣上等的呢子衣料到哪裡去找！她

承載著甜美歲月與記憶的勝家桌上型手搖式縫紉機。

想著、想著，不知不覺又加快了手邊的速度。

媽媽的祖籍是山東蓬萊，但她在青島長大，是都會女性呢！高中畢業後，因爲後母的阻撓沒念成大學，在青島女中教務處擔任行政文書工作。雖然已是適婚年齡，卻一時找不到合適的對象，因爲正逢抗日戰爭，大多數青年才俊都流亡到大後方念書，或響應十萬青年十萬軍的號召，投筆從戎去了。搬到青島女中教職員宿舍去住的媽媽，倒是過了好多年逍遙自在的單身女郎生活。

媽媽常說，那幾年可是她一生中最難忘的黃金歲月，因爲搬出來住，擺脫了在家中不被後母接納的陰影；經濟獨立了，愛買什麼好東西吃，就一次買個夠。工作之餘，她沉醉在自己喜愛的文學詩詞中，讀著當時最流行的蘇俄文豪高爾基及托爾斯泰的小說。

她愛漂亮、學時髦，燙著上海剛流行的蓬鬆捲髮，穿著過膝的旗袍。愛看電影的她，每看一部電影就馬上學唱電影主題曲，不論是輕快、抒情的〈我愛吹口哨〉、〈初戀女〉、〈葡萄仙子〉，還是悽愴的〈尋兄詞〉，都是媽媽的最愛。

當然，讓快二十七歲的她最開心的，還是終於有了可以匹配的異性朋友——隨著抗戰的勝利，青島女中來了好多男老師，都是從大後方剛念完大學回來的青年才俊；媽媽在這些才俊中，挑選了外表俊秀、年紀又和她最相配的爸爸作爲交往對象。

爸媽是在民國三十七年七月在青島結的婚，九月爸爸就去了南京，十二月兩人一起跟著空軍參謀大學撤退到台灣，所以他們算是在台灣才正式展開婚姻生活。

爸爸媽媽婚後兩年，哥哥和我相繼出世。爸爸說，那時候的媽媽，對我們這個家充滿了熱愛與活力；她總是一面賣力地做活、洗衣服、擦地，一面哼著〈初戀女〉、〈葡萄仙子〉。她的巧手除了做衣服，還替我和哥哥摺紙、剪窗花、做紙娃娃。聰明的媽媽，會用包糖果的彩色玻璃紙替我們的紙娃娃裁剪各式各樣的衣服，她妝點了我們彩色的童年，或許也妝點出自己彩色的婚姻。

民國三十八年到四十年初，台灣處於克難時代，物質匱乏。爸爸微薄的薪水並不足以維持當時四口之家的開銷（小弟是到民國四十六年底才出生的），媽媽只有拚命縮衣節食，把省下來的錢全部用在我和哥哥的伙食上。我們兩個，每天不是蛋就是肉，奶粉、魚肝油等營養品，也從來沒少過；而她自己就只能用剁碎的小辣椒拌飯吃，吃到後來，她一看到辣椒就害怕。

一向只愛讀書、寫文章的媽媽，爲生活所迫，丟下紙筆，拾起鍋鏟，和眷村隔壁四川媽媽學炒魚鬆、炒麵粉；爲現實所逼，丟下書本，拾起針線，和對面的湖南媽媽學納鞋底、縫布鞋，做鞋底時，針一再戳破她的手指，那一針一線縫出來的小布鞋中，不知有多少媽媽的鮮血與愛心。

那時的媽媽，對我們是全心的奉獻與無私的付出。

年輕時充滿熱情與活力的母親。

新婚時的媽媽。

但不知是否因爲這樣的苦日子過太久了，還是因爲媽媽太想念老家卻一直回不去，又或者是因爲沉默寡言的爸爸，對媽媽的犧牲沒有足夠的安慰，導致媽媽年紀輕輕就病了？

剛開始，年紀還小的我們只覺得媽媽唱的歌變調了，怎麼那些輕快的歌曲都銷聲匿跡，剩下的就只是悲涼萬分的〈尋兄詞〉？

「從軍武，少小離家鄉，念雙親，重返空淒涼，家成灰，親墓長青草，我的妹，流落他鄉……。」媽媽一遍又一遍地唱，一遍又一遍地哭……。

後來，那個曾經爲我們犧牲一切、付出一切的媽媽，脾氣變壞了，對我們的關心變少了；她不再熱衷於任何家事，不再唱歌，而總是躺在床上「發呆」、「休息」。而不了解媽媽痛苦的我們，以爲媽媽不再愛這個家，不再愛我們了。

直到媽媽中年，醫學較爲發達後，醫生才診斷出媽媽因爲對現實生活的長期不滿與壓抑，早早得了躁鬱症。

這毛病折磨了她四十多年。

民國九十四年六月三十日，媽媽以八十六歲高齡去世的時候，已經兩頰凹陷、白髮蒼蒼，臉上無數的皺紋，一條一條地訴說著她在漫長的人世間所受的精神煎熬。

但是自從媽媽走後，留在我腦海裡越來越鮮活的印象，倒不是她臨終前的憔悴，而是五十多年前，母子三人圍繞著一台老舊的手搖縫紉機，唱歌、講故事的畫面。畫面中，年輕漂亮又有活力的媽媽，正低著頭、弓著背，右手不停地搖轉著縫紉機，搖轉著她對婚姻的企盼，也搖轉著我們兒時最甜美的歲月！

姊姊的新洋裝

洪秀薇

牆面掛勾木架上，有一件粉底金蔥斑點洋裝，怎麼看我都喜歡。趨前在裙角下摸了又摸，明知道它不是我的，踩著板凳，還是把衣服從衣架上剝拿下來，在鏡前比了又比。

好漂亮啊！是大姊為二姊量身訂作的，只是對我來說大了一點！

有點惋惜！這件衣服本來是阿母預定在過年前要大姊修改給我和小妹穿的，阿母說：「粉底金蔥斑點的顏色很適合女孩，尤其搭配妳白皙幼嫩的皮膚好看。」可是，經過昨天一夜，衣服已經成了二姊的了！雖然我曾經點頭答應阿母：「沒有關係。」可是看著掛勾木架上這件美麗的洋裝，不免還是有些失落。

不難忘記那天，二姊的老師刻意來家裡拜訪阿母，阿母初以為乖巧的二姊在學校犯了什麼錯，緊張的要老師快點坐下來跟她說明。

老師坐下後，與阿母接耳交談了幾分鐘。原來，二姊不但沒有犯錯，一向成績優異的她，今年還要代表學校到縣政府領獎，上台接受縣長表揚。難得的榮譽，讓老師特地來家裡拜訪，示意阿母在二姊領獎那天不要讓她穿得過於寒酸。

阿母答應了老師，也暗暗傷心自己家貧！她幾經思考後，翻箱倒櫃拿出了收藏在櫃子裡的壓箱寶——一件大洋裝。

大洋裝是一件標準西洋式禮服，和其他衣服一樣都是透過聯合國漂洋過海，再經過台灣的基督教會救濟清寒家庭。

大姊有一位住在鄰村的朋友，在基督教會服務，她是教會裡的工友，跟大姊一起學裁縫；在物資匱乏的環境，大姊的朋友將這件西式禮服割愛給我們，阿母視它爲寶，特地裝箱封櫃。

衣櫃打開後，洋裝飄散出濃濃的樟腦丸味，我還是牢牢地記住阿母對我說的：「這件洋裝布料，穿在妳白皙的皮膚上一定好看。」而也早已從阿母答應修改這件洋裝給我穿的那天起，便開始幻想：這件經過改裝穿在我身上的洋裝，一定會讓我像童話故事裡的小公主。

二姊（後排右一）身上穿的那件粉紅色新洋裝，是我夢寐以求的公主服。

於是我天天渴盼過年。

可惜阿母改變主意了！那晚她打開衣櫃後，唯唯諾諾地再次跟我商量：「衣服就先修改給妳二姊領獎那天穿，下次等我們家有錢，再剪更漂亮的布幫妳做。」阿母一臉無奈的歎息讓我有錐心的痛！雖然千萬個不願意，卻也能體諒家裡的狀況，抿著嘴角點頭答應阿母時，眼眶剎那間也紅了。

扣、扣……，裁縫車聲時而從客廳外傳入我的耳中，聲聲敲碎我小公主的美夢！經過幾個燈火通明的夜晚，洋服今早煥然一新、高高地掛在牆面木架上，變成一件美麗的新衣裳！

我還是忍不住地偷偷試穿了一下，並對著鏡子告訴自己：來年一定要長高穿上它。

小公主得意地笑了。

一條K金項鍊

周蘭新

首飾盒中的底層角落，有一條以觀音像爲墜子的K金項鍊，這條鍊子放在那兒已將近四十年，從來沒有拿出來戴，去年到大陸旅遊時，爲了要搭配一件黑色的套頭上衣，在首飾盒中尋找配件時，才忽然發現它的存在。

鄰居中有部分夫妻的組合是，先生爲大陸撤退來台的外省人，太太是本省女性，林伯伯與林媽媽也是如此的結合。林伯伯是北方人，喜歡麵食，林媽媽對麵食卻一竅不通；所以偶爾可以看到林伯伯下廚做麵食，林媽媽在旁學習的畫面，夫妻倆恩愛的鏡頭，常是鄰居媽媽們取笑的對象。林媽媽非常聰明，學習得很快，沒過多久，餃子、包子、饅頭及蔥油餅等都難不倒她了，我們家就曾吃過他們做的饅頭和包子，味道還眞不錯。

美中不足的是，林伯伯喜歡打牌，夫妻倆的爭吵幾乎都是因爲林伯伯打牌輸了錢。有一天下班回到家時，看到附近圍了一群鄰居，鄰居媽媽們都在竊竊私語，說是發生了一件殺人事件，而且是我們認識

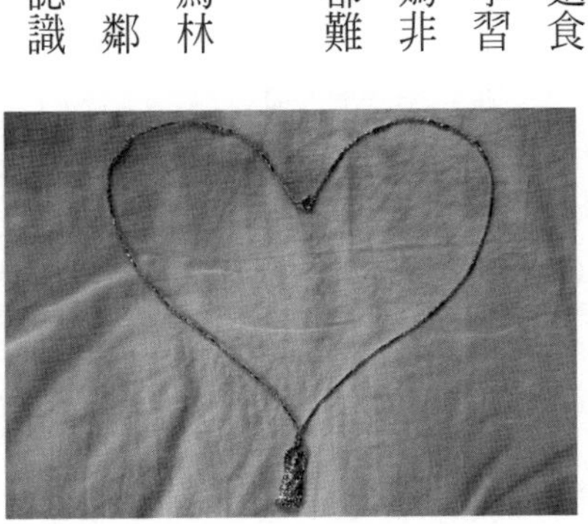

的人。她們東一句、西一句，就是不知道在說誰，問她們也不說。好吧！妳們不說，我就不相信這種大事報紙不會登；第二天一早，一打開報紙就是翻到社會新聞，這下才把整件事情搞清楚。

據報載，林伯伯最近打牌輸了不少錢，他知道單身的李伯伯手上有點積蓄，於是向李伯伯借錢翻本，但李伯伯不借，因此他就利用李伯伯不在家時去偷。沒想到李伯伯居然回家發現了，兩人在拉扯時，林伯伯就用隨身準備的小刀子，把李伯伯給殺了。這件凶殺案很快便破案了，前一天就是警察帶凶手回到案發現場模擬當天的情境；據說林媽媽看到警察押著林伯伯出現時，哭著罵他爲何這麼傻？

我不知道在林伯伯坐牢的日子，林媽媽及四個小孩是如何過活的。只記得某天，林媽媽到我們家，拿了一些首飾問媽媽和我要不要買？媽媽看了一下，又看看我，我一向對鍊子、戒指沒有興趣，而且地攤上這些飾品非常便宜，當時心想她目前的生活一定不好，而她到我們家來賣首飾得要鼓起多大的勇氣啊！我拿了一條K金項鍊問林媽媽多少錢？她說：五百元。當時我每個月的薪水才一千多塊，但我還是將K金鍊子收下，二話不說就拿了五百元給林媽媽；從此，這條鍊子就躺在我的書桌抽屜裡，後來家中數度遭小偷，但它卻從未受到偷兒的青睞。結婚後，買了首飾盒，就把它放在裡面，而林媽媽她們家早就不知搬到哪裡去了。

好幾年前在火車上遇到林媽媽的大女兒，她的個性開朗，也跟我聊得很愉快；她告訴我，弟弟妹妹長大了也有正當的工作，家裡的生活改善了不少。眞爲林媽媽高興，她總算苦出頭了。

輯五

顧盼・佳人

堅韌的女命所走過的時光隧道

有女・初長成

崔翔雲

如花般的妳忙著梳妝打扮。細白肌膚、苗條修長身材配上時尚衣著，妳將是今晚天上最燦爛的一顆星子。妳回眸對我眨了眨眼，繼而離去，於是，我開始惦念著今晚妳的約會。

6:00pm，只需十多分鐘的路程，就可與C見面。

我坐在電視前繼續編織尚未完成的披肩，七針下針、三針上針，心中唸著針數，心卻漸漸轉啊轉的，轉到我如妳般年少。也是週末，翻著衣櫃裡的衣服，媽媽和妹妹在一旁爲我打點出主意，穿什麼衣裙會有怎麼的氣質；靴子、高跟鞋還是較性感的涼鞋；網襪還是絲襪或根本不用穿，露出那一雙修長長腿；唇膏紅一點還是豆沙色合宜些……？爲著一些細瑣，三個女人將房間翻個大亂，隱隱透出香水味兒時，應是一切告一段落了。在我準備關大門時，看到門內站著媽和妹露出滿意的笑容，今晚約會可眞是甜蜜啊！

現在 6:20pm，妳們應見面了。

妳的童年眞可謂是位灰姑娘啊！只因妳有位如洋娃娃般的姊姊，因此，別人的眼光始終忽略了妳；在讚美聲中我總要提及妹妹也很美，粉白的肌膚、乖巧又聰明，是位可人兒。妳終也不肯談及美麗影子下的心情，然而，古靈精怪的妳常捉弄得我啼笑皆非。妳四歲那年在我的義大利洋裝上留下彩色筆的畫痕，我惱怒揮手欲打，妳無辜地望著我，眼中含著淚光說：「媽咪，我只是想知道彩色筆畫在衣服上的感覺啊！」這句話如點穴般釘住半空中的手，我實在打不下了，嘆了口氣抱著妳：「孩子，妳想探訪這世界應告訴我，這件洋裝媽咪很喜歡，若妳這一畫洗不掉的話，我將失去一件喜歡的衣裙。」妳猛點著頭，也不知懂了多少，此後，也未再見妳在衣物上作畫了。

雖然如此，妳的怪招仍常讓我難以招架。童年的每個晚上都是陪著妳入睡後，再起身做家事。睡前，我說故事，十指交扣地握著妳的小手入睡。那晚我累了，故事說得短了些，妳揮著小拳頭抗議搥我，於是，我生氣不理妳；妳搥打一會兒發現沒反應，立刻起身拍著、喚著我，在得不到回應之下，妳慌亂地向巴比求救，巴比說：「妳只要趴在媽咪耳邊說：『我錯了，以後不敢再打媽咪。媽咪就會活過來啦！』」妳飛快地奔到床上，抱著我哭泣地訴說。我在心裡想，此刻能忍多久才不會造成童稚的創傷症候群，想著、想著，

次女美瑜自小就是古靈精怪的孩子，常出的怪招讓父母招架不了。

心也亂了，一把抱著妳狠狠地說：「再打，娘死了，妳就沒有娘了。」妳看到我有了反應，高興地說巴比好厲害喔！

幾天後，妳問我如何分辨生死？

我告訴妳可從鼻孔測知呼吸的有無及如何把脈，妳才四、五歲，能教懂的也僅只如此了。一天下午，妳和姊姊玩遊戲時不小心將玩具拋過來，我順勢假裝被打中倒在床上不動，妳們姊妹倆當場傻眼了，姊姊立刻拉起我的手腕試著把脈，妳趴在我鼻孔前東摸西拭，仍探不出任何呼吸時，竟將手指直接插入鼻孔，我憋著氣快無法呼吸了，悄悄將嘴角張開偷偷喘口氣，兩姊妹邊忙著測試生命徵候，邊唸著道歉的話，哭著、泣著，知道不能失去媽咪。躺在床上，我想著，四、五歲的孩子對死亡的定義到底懂多少呢？不敢眞嚇到妳們，看到妳們的慌亂著急，我只好結束這場死亡遊戲。當然，這次 CPR 的教導就更深一層了。不知道用遊戲的方式讓妳們學習醫學知識是否合宜，然而我就常這樣讓妳們在情境中臨摹，只希望在生死危急時懂得基本救生技能。我想太多了，人要學的東西實在太多，這大千世界哪能急於一時。

快 7:00pm 了，不知妳們看幾點的電影，票買了嗎？還是已購ㄆㄧㄠˋ票，正在吃晚餐？

國小二年級時，老師要妳寫喜歡的食物，妳在作業簿上歪歪斜斜地寫著：「我喜ㄏㄨㄢ吃ㄇㄚㄇㄚ做的香香」，這香香只有我們懂是何物。妳喜歡吃我做的紅燒肉，只要妳想香香，我一定燉一鍋讓妳吃個過癮。香香、肉末末……，這童言延用至今啊！今晚，妳們又選擇什麼樣的晚餐呢？

算算時間，7:30pm，電影開始了吧！

銀幕上光影的轉換，在光影間彷彿看到妳進入高中時的叛逆期。妳瘋狂的迷上了日本偶像團體傑尼斯，也因此自修日文，未經多久，妳的日文已能看讀說及打字了，妳有了日本忠實網友幫妳搜集偶像物品，一樣樣寄來。

那年夏天，傑尼斯來台開演唱會，妳徹夜未睡，清晨四點多與一些粉絲包車到中正機場接機。清晨六點醒來，發現妳的床是空的，妳姊姊透露可能去機場了，我一路飆車直奔桃園。海關處滿是青少女，我在人群中尋找妳的人影，懸在半空的心始終揪著；妳的轉變讓我招架不了，面對如暴風雨般的叛逆，我已容不下這樣的動盪，難道是在挑戰我的耐受極限嗎？多想張牙舞爪的嘶吼，又多想連賞妳無數個巴掌打醒妳，我們之間已充滿了火藥，那根引信在隨時點燃中。我知道引爆只會更糟，心中嘀咕著要忍耐包容，要陪伴妳度過暴風雨期。人潮裡，看到妳時，我高興得差點叫起來，走到妳身後拍拍肩，妳驚訝地看著我久久不語，半晌，妳說：「妳好厲害，居然找得到我。」我嘆口氣：「孩子，這樣做是在折磨父母。」

成年的美瑜，總讓父母有另一層面的操心。

妳長大了。女孩進入花樣年齡可眞是朵美麗的蓓蕾。走在街上，許多男子盯著妳，常有搭訕的人騷擾妳，爲此，常聽妳發牢騷，我也擔心不已。我心懸掛，不禁思及當年婆婆的心情，婆婆說：「在女兒踏出家門起一顆心就懸著，直到平安返家始落下。」孩子，我給了妳美好的外表，妳還擁有小阿姨的活潑、聰敏氣質，這樣的調合成了可人兒；親戚朋友驚豔妳有模特兒般引人注目的魅力，小阿姨暱稱妳「小騷包」。妳進了大學，玩心一點也不減，我不喜歡妳那些愛玩的朋友們，也因此，我設計如何轉移妳的注意力。

C是位沉靜、俊帥又有內涵的優秀實習醫學生，成績始終維持前三名，亦是國際交換學生。一八二公分修長的身高與妳一六七公分相較，還有什麼好挑剔的。期望C能影響妳，在人生的路上穩穩走踏每一步，這是我的計謀。今晚妳們第一次見面，我渴望計謀得逞。

10:00pm，門鈴響了。

想必是妳。

同鄉秀清的一生

鳳妮

探親歸來

「我終於回到老家了！」返鄉探親歸來的秀清，興高采烈地向我訴說，第一次回到家鄉的情景。

當她回到渴望了數十年的老家時，好奇的鄉鄰，蜂擁前來探望，她被那熟稔的鄉音，奶奶、嬸嬸等親暱的呼喚，迷醉得飄飄然；雖然都不認識，她卻感動得淚流滿面，還面帶笑容地熱情擁抱他們。

她的雙眼，因爲太興奮而閃耀著光芒。她一再強調，能夠又站在生長的鄉土上，是上天的慈悲，讓她長年的夢想，終能實現！

我也跟著她回鄉樂的情緒而歡欣不已，問她家鄉還有些什麼親人？她告訴我，在她離家多年後，丈夫又娶妻生了一個兒子，現在是三十多歲的高大壯漢，身上確有她夫婿的影子。這個兒子已經結婚生子，而她丈夫則早在十餘年前去世；現在住在老窩裡的，有她兒子和兒子的娘與媳、孫。

相識

我和秀清認識，是緣於民國四十三年的南北韓戰爭，當時由南韓載送了兩萬四千名「義士」來台，在報紙所刊登的「尋親啓事」上，看到同鄉的秀清尋找親人，我便去函訊問，後來就接到她要來探視的回信。

不久，她到台中來見我這個小同鄉，告訴我，在家鄉時就和母親相熟，訴說了許多家鄉事；我因童年便離鄉別親，對故鄉人事全不明瞭，也非常想念家鄉親人。我們兩個視彼此如同親人，從此，結下了鄉親情緣。

情誼深重的我們，以姊妹相稱。她經常往返台北、台中地不時看望我，對我的孩子們像媽媽般疼愛，要是孩子喊她「姨媽」，她會非常開心，甜到心底；如果叫聲「阿姨」，她則會生氣不理，因爲覺得不親。由此可見她想家思親之情，是多麼強烈又深沉啊！

離鄉

秀清五歲時就先後失去了父母，是一個可憐的孤兒，兒女眾多的叔叔無力負擔撫養幼小的她，於是就被送到鄉下當童養媳，幸遇婆婆疼愛如己生，獲得親切的母愛。長大成親逾年餘，愛她的婆婆撒手西歸，隔年小兒降生，她忙於家庭與農地工作，稍微疏忽新生兒的安全，孩子竟跌入門前池塘淹斃，失母又失子的悲傷，令她痛不欲生。

陳莊的表姊帶著新生兒回娘家，欲覓一奶娘；得悉住在王莊的表弟媳，新殤嬰兒，奶水充足，急拜請來哺育幼嬰，並說明待嬰兒不需哺乳時就可返家，夫婿只好應允。秀清就此別夫離鄉，長住表姊家，擔負起哺乳奶娘的任務。

數月後，因國共戰事緊急，任職公務的表姊夫一家必須跟隨任職機關於民國三十八年撤退到台灣，從此再無老家音訊。她對家的想念，日甚一日，四十多年過去了，年年在失望中，期盼能有回家的一天。

客居台灣

秀清初來台灣時，是一位年輕健朗的少婦，誠實敦厚，做事俐落。表姊夫婦公務繁忙，家中一切家務全委託由她一人肩負，表姊夫的薪資是全家人的經濟來源，交由秀清全權處理；她沒有薪水，也沒有抱怨，負責膳食、清潔、照料孩子生活起居，可說是這個家最能幹也最忠誠的一級長工管家。

平靜的十年下來，表姊的孩子增添為六個，孩子們喊她為「娘」，好像是第二女主人，管理孩子們的一切生活所需；表姊則只管上班，自己玩樂、花用自己的薪水，享盡貴夫人的福。

假日經常有客人來玩方城遊戲，她做點心及餐飲款待，客人離去時，會留放些酬謝金，也就成爲她的外快。因她熱情招待，喜好此道的貴夫人，多樂此不疲地經常前來；私房錢也就點滴儲存，日積月累，四十餘年的儲蓄，竟能讓她在中和鄉山邊買下一間十五坪的公寓，這是她辛勞一生的唯一報酬，她終於有了自己的家。

四十餘年平淡無波的生活中，孩子們一一成家立業，她就搬到她的小窩獨居，但仍然經常回去照顧年老的表姊夫婦。

返鄉探親

民國七十五年得到家鄉的訊息，驚喜的秀清迫不及待地假道日本，飛返故鄉探親，她四十多年的企盼，終於實現。回到家鄉見到親人的感覺，甜蜜又溫馨，長長久久地迴盪在心坎。民國七十六年，開放大陸探親。自此以後，她幾乎每年返鄉，每次都會住上三、四個月，享受「有家」的幸福感。這或許是她一生善心義行的老來福報吧！

返鄉探親的十數次中，曾有一年申請兒子來台，在此住了半年，享受了在台灣的家裡有子陪伴的滿足。民國八十七年，她又申請兒媳來台探親，陪伴年老寂寞的她半年之久，兒媳時時鼓吹回大陸養老的好處。

天有不測風雲

正當享受安樂平靜的生活時，表姊突然中風住院的信息送來，秀清理所當然地全程照顧；一年餘的時日，每天都奔波於小窩與醫院之間，直到她給表姊送了終。

秀清年紀已大，太累了。有天她感覺頭暈，以爲是感冒未加留意，哪知是中風的前兆，待送醫時，已半邊身體不能活動。

住院期間，大陸兒子來台照顧，歷經數月復健，才能扶杖而行。

鏡破不改光，蘭死不改香

表姊夫年近九十歲，行動遲緩，兒女無暇兼顧，老人獨自在家，經常找不到食物而挨餓；秀清雖半殘，仍牢記老主人的恩情，願意讓他搬來與她同住，可以照顧他的三餐。

這十五坪的公寓，麻雀雖小，五臟俱全。秀清擁有一間一坪半的迷你寢室，內置一床，近門處一張書桌、一個塑膠衣櫥；讓請老先生住宿。而她新裝設了一特殊臥鋪，在客廳面陽台處，利用陽台三尺寬空檔，拆除了三分之二的客廳牆與欄杆間，架放一塊六尺長的木板，面臨室外三邊及頂上隔以防雨木板，完成一個小巧木屋寢室，以木製沙發爲上下床的階梯。

行動雖有不便，但是一想到還能照顧到老先生不致再挨餓，她便滿懷安慰與快樂。能渡著這平靜的老年生活，且讓兩老不致太寂寞；老先生的兒女們來探望老父時，這個湊合的家，也會呈現出一時有家的溫馨景象。

返鄉養老的建議

秀清每次回鄉時，兒子與外甥都很熱情地孝敬她，無微不至的爭相伺候，讓她很窩心。他們建議，賣掉房子，回家鄉養老，她們會全心全意地照顧孝敬她，會讓她舒適地安養老年生活。

民國八十九年，兒媳（僞稱「女兒」）在來台探親的半年中，力勸賣房回鄉養老的美好，終於打動了秀清戀鄉的心弦，同時也說動了老先生的兒女，讓他一同回鄉安養天年，和秀清一起住在她家裡，有伴又可享老福，只要供養老先生的生活費即可，不收照顧費用。

這「如何安渡老年」的思潮，經過耳熱心動的建議，經過數月反覆的思考，老年人有人照顧的安心淹沒了孤寂無親的凄涼，秀清終於毅然接納了建議，賣了房子，帶著頭期款五十萬，和表姊夫一同回老家頤養天年去了。

明日隔山岳，世事兩茫茫

秀清回家鄉養老後，我再沒有她的消息。

某日，因事經過中和，巧遇住在秀清樓上的鄰居阿珠，她常常照顧秀清，情誼頗篤；當我問及有無秀清的消息時，她開口的第一句話竟是：「秀清去年冬天就過世了！」剎時令我驚呆得張口結舌，淚水湧流，腦中問號連連：「怎麼會這樣啊？」

阿珠續道：「秀清和老先生返鄉數月後，老先生的兒女就接獲老父去世的通知。」阿珠又哀嘆地告訴我：「秀清去年曾回台幾天，房子已換主人，沒地方住，就住我家。」

「她為何不告知同鄉呢？」我很氣怨她，拋棄了同鄉友誼與關懷。阿珠說：「秀清因窮困潦倒，羞於同鄉們知曉，回台時，把僅餘的錢，買了來回飛機票，所剩無幾，實無顏見友。」

我很想知道秀清回到大陸後的情況，阿珠感慨地說：「太慘了！」接著她氣憤地說：「秀清受騙了！」

據秀清告訴阿珠，最初，回到家鄉，兒子和外甥爭著奉養，萬分孝敬，週全的伺候令她非常窩心。被尊敬的親情迷醉，五十萬的房款，漸漸流入迷湯裡。

「有限的金錢，強不過無限的日子！」當限期到來，「他多我少」的爭論迭起，「分不公平」的帽子重重壓得白髮蒼蒼的秀清，抬不起頭來。於是，冷漠取代了孝敬，侍奉的諾言，在

「錢給得多與少」上爭論，她從安逸的養老椅上跌了下來。

在哀傷的懊悔中，想回台灣取回賣房的餘款。

「天算不如人算，見到買主，得到了『早已匯給妳了』的答覆，買主還拿出她蓋了章的收據給她看。」

「秀清大字不識一個，怎能看出其中眞僞？任憑別人玩弄文字玄機，無言以抗！也只有伏首默認，又能奈之何？」

可憐已是古稀之年，又曾中風的秀清，這樣深痛的打擊，怎能承受得了！

她重回家鄉不久，就傳出往生的消息。

阿明伯母

劉菊英

比較深入認識阿明伯母，是在父親被眼鏡蛇咬傷的那段期間。

阿明伯母約六十歲出頭，個頭不高，僅一四五公分左右；小小的眼睛，扁扁的鼻子，五官靠得很近，滿臉佈滿皺紋，看起來有些蒼老，但身體很結實，走起路來箭步如飛，非常有活力。她說話的聲音宏亮，常常人未到聲先到，大老遠就可聽見她的笑聲。可能是務農的關係，不管春夏秋冬，她都穿著灰黑色的衣褲，是一位非常傳統開朗的客家女性。

農村生活困苦，蟲蛇又多，據說蛇湯清涼退火又解毒，蛇血能清血，蛇膽可退肝火、明眼目還可解熱、蛇粉可治關節炎，蛇油顧氣管，蛇皮可做皮帶皮包，所以父親年輕時一直以抓蛇賣蛇爲生，不管有毒無毒的都賣。他將沒有毒的錦蛇、南蛇用來煮蛇湯，有毒的雨傘節、眼鏡蛇、百步蛇拿來做藥方，來購買的人還眞不少呢！

偶遇貴人

民國五十六年，父母親爲了推廣蛇的妙用，到湖口市場去擺攤賣蛇湯、蛇粉、蛇膽、蛇血，因而認識了阿明伯母。她每天都會去市場買菜，還會佇足在蛇攤前看看父親表演耍眼鏡蛇，聽聽父親介紹蛇的好處，順便關心一下生意好不好，從此，她和父母成了知心好友。

父母親在湖口賣蛇約有一個月，每天往返關東橋甚是辛苦，阿明伯母看在眼裡疼在心裡，她勸父母親搬遷至湖口定居，母親告知因孩子太多太吵，不容易租到房子，於是她快手快腳熱心幫忙，很快就找到他姪兒在湖口的房子，讓我們先在那兒住下來。

當家裡安定下來之後，她又親切地告訴母親，她有一大片土地，可以買一塊來蓋房子！起初母親以爲阿明伯母在開玩笑，沒想到她其實是很認眞的，數次帶著母親前往該地查看；母親以沒錢買地蓋房子爲由而婉拒，她爲了不讓母親有壓力，提議每一坪賣新台幣六十五元並且可以無限期地分期付款。

當阿明伯母要媽媽選擇地段，預付訂金時，母親遲疑了好久，阿明伯母表示錢是身外之物，不管身上有多少都可以，只要有誠意，不在意她付多少。母親在口袋裡掏了半天，只掏出身上僅有的五百元，阿明伯母二話不說，馬上帶著母親辦理過戶手續，就這樣，我們擁有了六十坪的土地。

悲天憫人的心

第二天一早，阿明伯母再度光臨父親的攤子，同樣佇足在攤前，看父親耍蛇，直到蛇攤打烊。當母親空閒時，她拿出昨天買地的五百元訂金還給母親，並囑咐她：「出門在外，吃飯要錢，租屋也要錢，這些錢妳先拿著過活，等有錢再慢慢還給我。」雖然母親覺得過意不去，但拗不過她的好意，還是將錢收下。

在湖口賣蛇三個月後，父親不小心被眼鏡蛇咬到右手，傷得很重，幾乎送命！後來雖然撿回一條命，右手的皮膚卻潰爛將近五個月。受傷期間，父親身心受創，既怕醫不好自己的手，又耽心醫藥費沒有著落，所以情緒非常不好，經常亂發脾氣，家中的孩子都不敢太早回家，免得被罵。他常常不按時服藥，但卻很聽阿明伯母的話，所以只要阿明伯母叫他吃藥，他便會乖乖聽話。

父親受傷的那段時間，阿明伯母每天都來看望他，陪他聊天，鼓勵他趕快好起來。她經常帶自己種的米和蔬菜送給我們，還會抓自己養的土雞讓父親補身體，有時候，也會給予一些金錢上的援助。

鼓勵蓋自己的房子

當父親的傷好得差不多以後，心情也跟著慢慢轉好，阿明伯母便鼓勵父母親在那塊地上蓋自己的房子。母親爲買磚、瓦、水泥、沙石的錢躊躇了半天，雖說蓋自己的房子很好，但蓋房子要花不少錢，何況，也應該先還清買地的錢才對呀！

但是阿明伯母卻說：「房子蓋好就不必再租房子，不付租金，日子就會比較好過；若錢不夠，我這裡有八千塊，妳先拿去蓋房子，等妳有錢再慢慢還我也不遲。」

接過阿明伯母的錢，母親非常感動，爲了不辜負她的好意，父母親開始愼重地規劃房子要怎麼蓋？蓋在前段或後段？想了好幾天，還是無法精準地拿捏，夫妻倆找來阿明伯母一起商量，終於決定從中間地段開始，先蓋一間十五坪的平房，這樣等將來有錢時，要向前、向後加蓋均可。雖然已經決定要蓋房子了，但是因爲我們才剛搬來不久，人生地不熟，要到哪裡找泥水師傅呢？阿明伯母一聽，便立刻熱心地幫忙介紹熟識的對象。

蓋房子的過程中，阿明伯母也會每天到工地和師傅們聊天，義務擔任監工，當工錢付不出來的時候，我們當然也是再向她借貸嘍！很快的，房子蓋好了，雖然只是小小一間，但我們都住得很舒適滿足。

父親病了

不知道是遺傳還是壓力太大，一連好幾天，父親略感身體不適，就醫時，血壓已飆高到常人的二、三倍，雖然經過吃藥休養，但最後還是中風了。病人原應有專人來照顧，可是因當時弟妹還小——小妹一歲，其他的幾個弟弟、妹妹也只有國小、國中的年紀，而我和大妹爲了分攤家計，則在工廠當作業員。爲了全家的生活及還債，母親獨自挑起賣蛇的工作，每天早出晚歸，父親只好孤獨地在家養病。還好有阿明伯母，三不五時地前來探視、陪他說話，儘管父親表達不清楚，說起話來含糊不清，阿明伯母依然非常有耐心地聽完他的話，幫他加油打氣，直到他回天家。

陪伴母親度過傷心的日子

父親回天家後，母親傷心欲絕，阿明伯母同樣每天來關心安慰，陪伴母親度過好長一段傷心難過的日子。在這段漫長難熬的日子裡，阿明伯母就像我們的家人一樣，除了言語上的安慰，還幫忙處理許多家務；幸虧有她的安慰與扶持，母親才能漸漸走出悲傷。

我常在想，世界上怎麼會有阿明伯母這麼好的人？一定是上帝垂憐眷顧我們，讓我們遇到這生命中的貴人吧！

重慶姑娘，台灣阿嬤

任翠麗

將近八十歲的吳媽媽，民國十八年出生於四川省重慶市，上有一個哥哥，一歲多時，父親就去世了。小學階段遇上中日戰爭，每天上不到兩堂課，聽到警報聲響起，師生就跑去躲，因此沒念到多少書，只能看簡單的小說及報紙。民國三十年，她的母親躲避不及，被轟炸倒塌的圍牆壓到，不久也離開人世，她和哥哥便去投靠姨媽。

對日抗戰時期，國民政府遷都重慶，市區內到處都看得到軍官，姨媽說：「日本人快打到重慶了，局勢不太好，妳要趕快結婚。」親戚爲她介紹了他的房客——在中央訓練團上班的吳爸爸；民國三十四年四月，她和吳爸爸結婚，沒想到，幾個月後就抗戰勝利了。吳爸爸是廣東人，大她十七歲，在家和吳媽媽說國語，和她的婆婆說廣東話；吳媽媽一天學一句廣東話，漸漸也可以和婆婆溝通了。

民國三十五年五月，吳爸爸的老長官帶著他去新疆迪化工作；吳媽媽則帶著出生兩個多月的兒子，和婆婆住在重慶。吳爸爸去了兩年多，三十七年七月回到重慶時，孩子已經兩歲多了，當時的海軍總司令部設在南京，她便隨著先生舉家遷往南京。

他們搭乘民營江輪，順著長江而下，經過長江三峽、宜昌、漢口，大約過了三天，才抵達南京。搭船當天，恰逢農曆七月十五漲大水，禁止船隻通行，但是船票已經買了，冒險也得走。要搭的船停在對岸碼頭，只好再包一艘小船渡江，船家再三叮嚀不可以亂動。坐在小船上，看到江水滾滾、波濤洶湧，江面還漂浮著死人、死豬，她說：「好可怕啊！」輪船上的人，不讓他們的行李上船，吳爸爸認識的老鄉，寫張字條給船家，才讓行李下船艙。船剛要離開重慶碼頭時，她想：不知何年才能再回家鄉，眼淚忍不住撲簌簌地掉了下來。

到南京後，他們借住在朋友家。那時，局勢已經有點亂了，晚上還要查戶口，連睡著的小孩，都得掀開被單給警察看；大家搶購物資，有錢也買不到東西。幸好，吳爸爸帶了十斤豬油和幾罈泡菜去南京，勉強可以應付；南京冬天寒冷，吳爸爸好不容易才把從西北帶回來的皮貨給賣掉，爲吳媽媽買了一件大衣禦寒。民國三十七年十一月，國民政府爲因應當時情勢，將海軍總司令部自南京遷移至左營。

那一年的十二月，他們一家四口只帶著隨身衣物從南京乘坐軍艦，再由高雄左營上岸，配住在自強新村，是第一批來台的海軍及眷屬。軍艦剛抵達左營，吳媽媽穿著長袖的衣服，看到這裡的人戴著斗笠還用毛巾包住臉，感到十分奇怪。而初來乍到，本地人說的話，她聽不懂，台灣的豬肉、蔬菜，她也吃不慣。她們住的是日本人留下的眷舍，一棟分住兩戶，門前有個小庭院，後山下有一條大溝渠，水很清澈，環境很好；村子對面一片竹林，沒有房子顯得荒涼。

民國四十一年十一月，貝絲颱風登陸南台灣，左營的眷村房子很多被吹倒，自強新村倒是安然無恙。颱風隔天，她的小兒子出生，沒水沒電的，要靠吳爸爸去鄰家提水回來，才讓初生嬰兒可以洗澡。吳媽媽說：「重慶是內陸城市，從來沒見過颱風，第一次遇到，覺得蠻可怕的。」軍方要房子沒倒的住戶幫忙收容災民，吳媽媽家裡已住了七口人，即使不收容，也沒人會說話，但是老實的他們，主動找了一家三口人住進他們家。那家的小孩，經常在木質地板上撒尿，使得屋子裡充滿尿騷味，那位女主人煮完飯從來不收拾善後，把廚房弄得髒兮兮，半年後，吳媽媽受不了，只好下逐客令。

孩子接二連三地報到，除了大女兒是在醫院出生，其他三個小孩都是請日籍助產士來家裡接生。助產士每天到家裡幫嬰兒洗澡，直到臍帶脫落爲止；而坐月子時，則是請人來煮飯，大都燉豬腳湯吃。婆婆年紀大，她又要帶五個孩子，實在忙不過來，所以衣服也是請人幫忙洗。吳爸爸一個人上班，微薄的待遇要養一家八口，每天都得算計著過日子。每當孩子要繳學費時，好心的鄰居會先借錢給他們，等領了教育補助費再還。民國四十六年，吳媽媽的婆婆去世；四十八年，吳爸爸不願意離家到台北升遷，限齡以中校退役，再繼續回軍中當雇員，直到五十八年才退休。

吳媽媽二十歲就離開大陸來到台灣，現在將近八十歲了，她從來沒想到會在台灣一住就是六十年。這裡，已經成了她的家鄉；台灣菜吃得慣了，以前在四川愛吃辣的，現在反而不吃辣；高雄住久了，習慣這裡的氣候，到大陸去覺得那邊太冷，反而住不慣了。她有兩個兒子、三個女兒，大兒子在美國，小兒子住台北，她的小兒子娶了本省太太，小女兒也嫁入本省家庭，本省人、外省人就這樣融合在一起了。

她的大兒子移民美國兩年後，她和吳爸爸曾去了一趟，雖然兒子帶著他們玩了很多地方，但是在美國語言不通，生病看醫生又貴，他們只住了半年就回來了。終究，她覺得還是住在台灣好，壽山腳下的自強新村，樹木多、空氣新鮮，既不會淹水，颱風也颳不到，生活機能方便，是很好的住家環境。

政府開放大陸探親後，她和吳爸爸曾回去廣東、重慶幾趟，兩家的祖墳都找不到了。第一次返回重慶，是她離開家鄉的四十年後，哥哥、嫂嫂準備了豐盛菜餚招待他們，看到兄長由於家境不好，生得又瘦又矮，她心裡難過得吃不下。

民國九十年，吳爸爸以九十高齡去世。現在，吳媽媽和未婚的女兒同住；子女們閒暇時會開車載她到處走走、吃吃飯。有時，和朋友去大陸旅遊，從住宿的旅館窗邊往外瞧，看到滔滔流過的長江水，總是勾起她的回憶——小時候常去江邊玩，多霧的重慶，船行駛江中，船家以打鑼互相示警……。想著、想著，心裡不免難過，也有很多感觸，回顧這一生，她總是覺得：人生只有短短幾十年，實在沒什麼好爭的。

鄰居

靜萍

民國三十八年夏隨軍隊撤退來台，初期生活賴軍中補給，借住同村堂叔家，準備一、兩年後回大陸，暫時客居台北，沒有久遠留台計畫。但是不從人願，時局越來越壞，部隊解散，人員另外分發併隊，如有難處可選離職。外子原是輜重兵團，分派到海上運輸工作，負責從台灣運送物資及日用品去舟山群島守軍，他因暈船無法聽令只得退職。那時心中惶恐，人生地不熟，茫茫人海何去何從？

在叔叔家寄住了八個月，後來還是叔叔幫忙介紹到一個省級機構，也因他人事熟悉，盡力爲我們爭取到中等起薪和福利，包括房租津貼，足夠一家三口過活。記得那時的租金都是全年一次付清，可以租到很好的房子。爲孩子上學，也爲想住新房子，而且新成立的小家庭家具簡單，更因人年輕不怕麻煩，所以年年找屋搬家；台北、高雄，住過很多地方，並以此爲樂。常搬家有個缺點就是認識不到鄰居朋友，建立不起感情。

那時沒有仲介這一行，都是朋友輾轉介紹，也不用介紹費。有一天，一位約三十來歲的歐巴桑來找我，說是我的朋友介紹她爲我找房子，現有一處在她家隔壁，各種條件都不錯，問我要不要去看？我去看了以後，覺得很合適便有意想租，這時她說要付介紹酬勞，因爲她是用這樣的方式掙生活費，多少不計；她又說雖然拿了介紹費用，但在租賃兩方訂下租約後，她不負租賃期間的任何責任，租了這麼久的房子，第一次聽到要收費。

成了鄰居後，見面相談機會很多，日式房子圍牆矮，在院子裡就可見到彼此，於是我們都學了些國台語，常常雞同鴨講會錯意，事後哈哈大笑，可是用語、用詞和語音就永遠記著了。

她家裡有三個人，六十餘歲的婆婆與四歲的兒子都靠她養活。從未見過男當家，閒談間問起怎麼不見她另一半，她低下頭紅了眼眶說，先生因爲在二二八事件時過世，從此她就負起扶老養幼的大任，全心投入房屋仲介工作，因爲這工作不需資本，又可照顧家庭，即使有時兩、三個月沒作成生意，勞力收支不能平衡，也只能湊和著過日子。我除了敬佩和同情，也盡可能地幫忙，例如提供家中電話讓她和主顧連絡，如果要登廣告，也找在報社的同鄉打折優待，慢慢地扶持她走出路來。

民國四十九年，外子調職台北，我與她分離兩地，但彼此仍相互記掛。多年後她來信告訴我，工作已經交給兒子，用現代方式進行，在高雄市頗有名氣，生意很好，她也到了含飴弄孫、享受老年的時候；信中總也不忘提及當年我幫忙她很多，說我是她的貴人。其實完全是老天保佑她，再加上她自已努力，才會讓她在房屋租賃的工作上走出一條康莊大道，我想她應該稱得上是房屋仲介業的祖師婆吧！

她是我到台灣來結交的第一個朋友，因爲她，我才開始了解台灣的事物人情，尤其她先生死於二二八事件，可是對我們這一家外省人卻毫無仇恨。萍水相逢的兩個人居然能成爲好友，友情開了花，有時想想眞是有緣。

金婆婆的經濟奇蹟

陳明月

金老先生到同鄉家打小牌，金婆婆獨自窩在沙發一隅，把玩著去年領到的老人證和悠遊卡，一年來總共用不到十次，因爲她有三車：腳踏車、摩托車、轎車。想著從小到老這麼多年來，總算苦盡甘來，她打從心裡開心地笑了。

金婆婆是林口永福人，父親是燒木炭窯的工人，母親是採茶女；在此之前，母親已經生下一男一女，因此懷第三胎時就決定，如果生下的是男嬰就留下來，是女嬰就送人。

母親有個採茶的女伴，丈夫也是炭窯工人，已經有了一個五歲的男孩，之後就沒有生育。金婆婆出生幾天後便送給這家人，講明當童養媳，所以不從養父姓，而用了生父的姓，取名林和子。

永福人家都很勤勞善良，大多生活清苦，養父家的親朋生活狀況都差不多，雖然清苦但卻樂天。林和子到養父家一年多後，養父被抽調到南洋當日本軍夫，留下養母帶著六歲的兒子和一歲的林和子，生活更爲艱困。台灣光復對村人的生活並沒有什麼影響，只有警察不再是講日語的兇惡日本人而已。

那年林和子四歲，在旱田收成時，隨著養兄到旱田去撿農家不要的小地瓜和花生。隔年鄉公所來了通知，要養兄去上學，養兄沒上學，去了別人家放牛當小長工了；五歲的她就開始獨自撿地瓜、花生了。

民國三十五年底，養父從新幾內亞回來，卻一身是病：身體浮腫，雙腳小腿肚長瘡，不愛講話也不笑，又找不到工作，只能在親戚家有喜慶時幫忙，事後會得到一些米或舊衣服。林和子也會幫鄰人背小孩或撿些乾柴枯枝，除了自家使用之外還可以換些銅板。她的衣服都是別人家穿舊或太小了送她的。

十歲時，堂姊要出嫁，養母才給她買了第一雙布鞋，但也捨不得從家裡穿起，而是提著鞋子走，直到快到親家村前，才在小溪邊洗了腳穿上鞋。林和子沒參加過這麼熱鬧的場面，一進門就有糖果和湯圓吃，菜是一道一道的上，她也從沒吃過這麼好吃、豐盛的菜餚。

養父和親友一邊喝酒吃菜，一邊說著在南洋的遭遇；他說去沒多久就缺糧食，連日本軍人也餓得很慘，傳聞日本兵還吃人肉，連當地的原住民都怕遇到日本兵。最後一年，日本人說戰爭結束了，於是不管台灣弟兄，他們生病也沒人理，僥倖活命的都在森林裡躲躲藏藏，以水果和打野生動物充飢，吃最多的是四腳蛇和一些不知名的蛇類。

從台北回來的親戚則講著台北又恢復了原來的繁華，現在西門町比延平北路更熱鬧，很多地方都缺工人，女孩也可以去找工作。去基隆、高雄有火車、有公路局車很方便……。林和子聽了以後心想，長大一定要去看看台北有多繁華。

林和子的養母常頭暈，她就頂替養母採茶賺錢貼補家用。採茶女都很開心，一邊採茶一邊唱歌、說笑，但最引林和子注意的是每天可以聽到很多次火車的汽笛聲，她和其他同伴都沒看過火車，但她每天都夢想著去台北。沒多久，一個同伴到三重埔「吃頭路」——幫人打掃、帶小孩，半年後回來，不但燙了頭髮，穿得也不一樣，還帶回一些頭家娘送的舊衣服分給她。林和子託同伴留意，如果有機會她也要到外面工作。

民國四十七年，林和子十六歲，跟著同伴來到三重埔，被介紹到一戶人家幫傭；雇主看她兩隻大大的眼睛一臉聰明相，問她幾歲，她告訴主人她十八歲，雇主很滿意。林和子很認真地工作，也認真地和頭家娘學做菜，一學就會。到了年底，雇主問她過年能否留下來幫忙，她很樂意地答應了；頭家娘除了給她雙薪，還給她買了件新衣和新鞋。她託同伴把薪水帶回去給養母，並轉告養母多攢一些錢以後就會回去。

中秋節，她帶著雇主送的月餅回去，林和子的養父母說過了年她就十八歲了，要她跟雇主辭工，回來和養兄完婚。雖然這事早就訂了，但想到與養兄有的只是兄妹情，她就……，而最主要的是，林和子不想一輩子待在這窮鄉僻壤過一生。

回到三重跟雇主說她要辭工，雇主希望她做到年底，她答應再待兩個月，希望他們快去找人。想不到一個月後養父找來，要她早點回去，她跟養父說已答應雇主再做兩個月，要養父不用再來，到時她就回去。

中秋節回鄉前，有個菜販請她幫忙介紹一個會煮飯帶孩子的人，她向菜販要了地址，說是朋友要的。地點在大直，海軍總部後頭的眷村，一個上校家裡；太太在海軍總部上班，家裡有三個小女生。試用了一星期，主人覺得很滿意，於是就待了下來。早上洗衣打掃，下午小孩午覺後，天晴時，她就帶著三個小女生到海軍總部後門等小孩的母親下班。

不多久，海總後門站崗的憲兵幾乎都知道，每天黃昏時，有個大眼睛、長髮披肩的女孩會帶三個小孩來散步；其中有個姓金的憲兵與林和子相識後，告訴她，他家裡缺人帶一個三歲小孩，他的眷舍在長春路附近。因爲她也對金憲兵有好感，於是，一年多後的民國五十一年，兩人成婚了。她帶著丈夫回林口永福村養母家，給養父兩千元，說是補貼養兄娶媳婦用；又雙雙回到多年未回的親生父母家，她的生母在她之後生了三個兒子，都在高中、初中就讀。

林和子在眷村裡跟鄰居太太相處得很好，過年會幫鄰家蒸年糕、灌香腸，有時還受託照顧小孩。金家夫婦結婚五年，連生了三個兒子。軍人的薪餉微薄，金太太把前妻的女兒送去上學後，兩個兒子進了幼稚園托兒所，她就背著小兒子替兩戶人家洗衣服。辛苦了一年多，在離家六公里的榮星花園附近新社區發現有個小市集，只有四個攤販，她就找豆腐工廠送兩板豆腐到小市集去，自己一早把小孩送走，背著最小的孩子去賣豆腐。

幾年來，養母家裡也有了變化：養兄娶了媳婦，養父過世。養母有了媳婦，家中事就少管了；因爲金先生調去金門，林和子就請養母來幫忙。有了養母，她早上四點鐘就去中央市場批豆腐乾、海帶、豬鴨血、魚丸等來賣，每天光豆腐就可賣十板，兩個榻榻米長的攤位擺得滿滿的。有幾次腳踏車爆胎，一大早修車店又沒開門只好推著上百斤的貨去市集。不久，她考到機車執照，從此批貨都用摩托車了。

從做生意開始，金太太就跟了村中眷屬的互助會，從一百元、兩百元，到後來的每期一千、兩千、三千、五千。親娘家的兄弟有時來向她借錢周轉，利息照算；三弟在村外燒相思樹賣木炭，她也出錢和兄弟合股，三弟要買卡車做運貨生意，她不但借錢給他，還要求入股。

民國六十五年，國防部提出改建眷村的計畫，她就在賣菜的市場附近訂了一層五十多坪的樓房；六十七年又在新店耕莘醫院旁訂了一戶三房二廳的房子。民國七十年眷村拆除，每家都租房子，但她們家不但省下公家發的租金，新店的房子也開始收租金了。不久，買了一輛日製汽車，不是用來載貨，而是出遊用的，她的開車技術比她先生還好。

前妻的女兒出嫁，給的嫁妝不少，除了首飾，還有冰箱、電視、沙發，又送了一輛機車給女婿。三個兒子陸續結婚，大兒子、媳婦跟父母同住，另外兩個住在外面。大媳婦生了一男一女後辭去會計工作，金太太把市場的攤子讓給大媳婦做，頭兩年還幫媳婦去批貨，現在已全放手給媳婦自己做了。

民國七十九年金先生帶著太太回大陸老家探親，金太太爲先生老家的親戚按親疏、輩份都準備了紅包與禮物，親戚都說，這台灣女人眞行。

現在金婆婆早上晨泳，晚上每星期一、三、五到附近小學上補校；除了探親，全家幾乎每年暑假都會出國遊覽，中國大陸以外，美國、歐洲也去了很多次，還有紐西蘭、澳洲等，東南亞也去了不少趟。

金婆婆從光腳丫不識字的鄉下女孩，到今天有三車三房（連改建配的眷舍），年年還能出國旅遊，這也算是一種經濟奇蹟吧！

湘雲衫的懷想

崔翔雲

曾經童年時，在樟木箱內翻到一件深咖啡近黑色的寬大衣衫，左看右看不得原由，困惑地下了閣樓。晚餐時，問父親，父親感嘆地說，這是大陸姑姑送的純手工縫製的湘雲衫，夏天穿起來輕爽舒適。邊聽父親講述，邊想著那件如針車車過一般規整的針痕，不禁脫口讚嘆姑姑的巧手與巧思。

姑姑，一位未曾謀面的女子，父母常不經意地提起，也漸漸在我腦海裡堆砌成影，約略是位細膩、體貼、善解人意的女子吧！母親說姑姑嫁了一位胸無大志的男人，她的一生辛苦勞碌爲家庭奔波，若是從小念書的話該是位女強人了。

姑姑未生過一兒半女，因此領養了一個男孩，視如己出地疼愛。聽說，表哥孝順規矩，沒念啥書，在工廠做工，結婚生子，是一個平淡無奇的市井小民。三叔離開大陸後，遺留在老家的妻女成了姑姑日後精神最大的慰藉；三嬸多年得不到三叔音訊，改嫁了鎮上學校的校長，堂姊七巧則跟著姑姑，成了姑姑的半個女兒。動亂的時代，記寫了許多悲歌，也改寫了親情故事。

母親常說，姑姑很尊敬父親，是長兄如父的傳統規範？未必。父親是鄉里公認的孝子、才子，或許是父親的優秀，讓弟妹油然而生了敬意，我總是這樣推理老家親戚間的互動關係。

那年，託友人自美國寄信到老家。經過近四十年的失聯，就此有了音訊，這對父親而言如獲甘霖般喜悅，那段日子，我竟也莫名興奮地失眠了。姑姑在文化大革命後，已是中年，跟著許多文盲進入學校念書，以第一名的成績從小學畢業；在往來的書信裡，流暢秀雅的文字怎麼也看不出是出自小學程度的文筆。她在信中道出自父親別後，老家歷經動亂的種種往事以及對父親的思念；所附相片中，看到眼神堅毅像父親的姑姑，七巧姊美麗如燦爛花朵，母親讚不絕口地說，七巧像過世影后樂蒂一般脫俗。七巧姊的個性像姑姑，一樣溫柔懂事又體貼；每年父親生日時，我們都會收到姑姑和七巧姊的祝福信函，字裡行間隱隱透著溫馨的關懷，那一天，她們也一定在家吃壽麵，遙遙祝福海這一端的父親。臍帶的血如浪濤般滾滾捲來，我們浸潤在濃郁的親情中，盈著淚與滿懷感傷。

七〇年代的台灣尚未解禁，妹妹一邊把父母接到泰國家中，另一邊同時申請姑姑出國探親。這對居住內地的人來說可是件天大的事啊！姑姑離開家鄉時，由地方領導專車送到機場，村里百姓熱鬧地沿路歡送；實難想像一趟單純的海外探親，竟也能如此隆重的送行百里。據後來母親轉述，姑姑在北京機場首次看到亮如白晝的夜晚而感到驚訝。四月的北方仍嚴寒冰冷，六件衣褲在飛機上一件件脫去，最後一套衣褲在下飛機時應著三十幾度的高溫伴著旅途憋忍的膀胱，到妹妹家第一件事就是找廁所。母親不放心地緊跟其後，姑姑進到廁所東摸摸西摸摸，最後竟無奈地脫掉長褲蹲在地上小解。姑姑走出廁所後，才終於可以舒服的說話。母親找了一件寬大的洋裝給她換上，順便也教了她如何使用馬桶；習慣了茅房，先進設備的廁所可讓姑姑成了劉姥姥。

姑姑留了一頭標準的江青式髮型，穿著專程訂作的毛裝及四方頭平底布鞋，穿梭在百貨公司和餐廳裡，招來不少好奇的眼神。妹妹熱心要給姑姑買些時尚服裝，卻被拒絕了；姑姑不認同西方文化，她堅信毛裝材質好又體面，並不在乎外界的評價。

行李箱裡，姑姑準備了好多禮物，她熱心地一一打開——一只仿唐三彩的磁器內塞了一隻道口燒雞，取出時已腐臭了；一條麻繩串了多枚玉鐲；一張張花彩棉布，一袋麵茶……。母親在一旁傻眼看著姑姑翻找禮物，喃喃說著，讓妳破費了。所謂「破費」，是因姑姑費盡心思所

姑姑全家福：姑姑一直渴望能來台看看海，然而生命的步履走得太快，這個願望已成走不到的遺憾了。

買的東西，對我們而言全用不著，卻讓她花了一筆不少的金錢，套句父親常說的話，浪費。然而面對幾十年不見的親人，這話是說不出口的，於是妹妹打圓場說，姑姑眞是設想周到，這些東西我們都買得到，人來就好。唯有那袋麵茶，父親把它帶回台灣，泡給我們喝。父親說，這麵茶有著童年的味道，喝來就想起許多童年往事，眞是人間珍寶啊！我試著以父親的心情細細品嚐，但是碗裡的麵茶糊摻著芝麻、碎果仁及些許豬油香味，怎麼也銜接不到習慣的口感，或許老家對我而言只是一脈香火，而那不曾嗅過的味道，又如何拼湊成記憶呢？

姑姑寄來的家書：在文化大革命後，姑姑始進入學校並完成小學課業。書信往返中可閱讀到姑姑的流暢文筆。

或許是受到政治立場的影響，父親與姑姑對話時常不經意的說：「妳們共匪……」，母親總不忘提醒父親：是中共，不是共匪啦！原是一家人，在分隔四十年後，政治也能將家人分門別派，國民黨、共產黨；蔣匪、共匪，唉，只能說是時代悲劇哪！

姑姑從古老的村莊到了一個陌生的世界，新世界顛覆了所有舊思維，無論街容、生活及日用品，姑姑開始眷戀新世界的一切，她要求能留下或久居一段時間。父親說咱們這是探親，不能影響到妹妹日後生活才是。姑姑臨上飛機前還再三要求過些年還要再來探親。

回到大陸，兩週的探親成了姑姑這生最美好的回憶。多年後，姑姑臥病在床，對七巧姊仍說著探親的往事，又感嘆這生沒看過海。對一生在內陸長大的人而言，浩瀚的海洋或許如天上的雲朵那般抽象不可捉摸，姑姑期待兩岸通航後要來台灣看海，但那場病竟將姑姑帶離了這世界，而看海也成了未竟的心願。

近年來，大陸同胞陸續來台灣觀光，人群中當然不見姑姑。然而記憶裡，樟木箱中的湘雲衫一直是我對巧手慧心姑姑的思念。頂著七月豔陽，我在街上尋找湘雲衫，循著印象中的中式服裝店，終於選到要買的衣服。姑姑當年親手縫製湘雲衫給父親，今日我長大了，有能力從記憶的河裡摘取那頁美好，讓父親重溫過往。或許能讓父親感受到如麵茶糊的溫暖，也或許父親會拾起這件湘雲衫時覺得不如那件舊的美，畢竟我無法左右大時代的動盪，能盡的僅是兒女的心了。

那鮮紅的石榴花

王少芬

五月，是石榴花盛開的季節。姑媽家後院那棵開滿鮮紅花朵的石榴樹，在陽光下，火紅火紅的，比姑丈店鋪貨架上紅紅綠綠的綢緞還要鮮豔奪目。

那年，我八歲，有了憐憫之心，悄悄地蹲在樹下，一聲不吭地撿起地上的花兒，小心裝進小褂前襟的口袋裡，鼓鼓的。回到家，又一朵朵掏出來，擺在窗台上；花已經蔫蔫的，不再那麼鮮紅。

媽媽和姑媽都偏愛石榴花，一年到頭，腦後的髮髻上總戴著一朵鮮紅的石榴花，且真，且假。在這盛開的季節，那一定是剛從樹上掐下來的鮮花。

記得，一大清早，姑媽一手舉著花，一手扶著門框，小心邁進大門檻，嘴裡喊著：「弟妹」，來到我家。媽媽連忙迎到她面前，姑媽便將手中的石榴花，插在媽媽腦後烏黑發亮的大髮髻上，姑媽灰白小髮髻上的那朵石榴花，在翠綠玉簪的襯托下，花兒更紅更大。

至今，那二朵鮮紅的石榴花，仍在我眼前晃動。

姑媽比媽媽年長二十幾歲，從長相看，在外人眼裡，就是親姊倆兒。同樣瓜子臉，大眼雙眼皮，通鼻樑，紅唇皓齒，透著東方人的俊秀；笑聲如同嚼青蘿蔔，脆脆的，身材和個頭也差不多。唯一不同的是媽媽那雙天足，走路兩腳帶風，姑媽踏著一雙三寸金蓮，邁一步，搖一搖，跟在媽媽身後，總是要慢幾拍。

她們整天黏在一起，手不停，嘴不閒，說起來沒完，也笑個痛快。「這兩個女人在一起，就是一台戲。」姑父是這麼說的。

媽媽沒裹小腳，全託外公的福。他那時常和洋人打交道，思想比較開放，看洋人太太一雙大腳也沒什麼不好，更不忍聽聞小女兒的哀嚎，於是就阻止外婆，才放過了媽媽的那雙大腳。

曾幾次聽姑媽講，爸爸成親那天，從花轎裡伸出一雙大腳，著實嚇到了她。過門沒幾天，胡同內外的人們都知道王家奶奶給老兒子娶了大腳小媳婦；說她的那雙繡花鞋，就像兩只小船，都當笑話傳開了。

媽媽的大紅繡花鞋像小船，還眞讓那些人說對了。五〇年代初，市面上眞的就開始流行起「船鞋」，直到今天，仍備受女士們青睞，只是改了名稱。

而久了，看慣了，媽媽的大腳也就見怪不怪了。可她的巧手，又都讓左鄰右舍眼熱了起來。王家老小的衣服，全由她打理；單衣、棉被、吊皮襖，樣樣都拿得起來；更稱奇的是，還會做小腳鞋。於是，媽媽便成了人們口中「上炕一把剪子，下炕一把鏟子」的巧媳婦了。

媽媽的巧手，是被外婆給逼出來的，她怕這大腳女兒沒人要，就整天關在房間，針不離手，手不離針的做女紅，練出了一手好針線。

媽媽會吊皮襖，我沒見過，只聽說是很細的手工活。將碎皮毛拼結在一起，很難縫。做小腳鞋倒是我親眼所見——晚上，她拉下八仙桌上的吊燈，照得那綢緞料頭和各色繡花絲線一閃一閃的；剪好的鞋面有白色、紫色、黑色，上面繡著粉色的梅花、黃菊花、淡綠的水仙花，還有鮮紅的石榴花。胡同裡的小腳奶奶們圍在桌邊，嘻嘻哈哈地挑選各自喜歡的鞋面和花樣，跟媽媽討教如何納鞋底、倘鞋幫，熱熱鬧鬧一個晚上，媽媽更是樂在其中。

五月的輪迴，讓我少年時的記憶，總是停留在那石榴花開的日子裡。

是我小學即將畢業的那年。星期天早上，媽媽買回來許多小活鯽魚和玉米麵，準備做她和姑媽都愛吃的家鄉菜「貼餑餑熬小魚」。她打發我去接姑媽。我跨出大門沒幾步，就看到姑媽早已拐進了胡同，手裡還提著菜籃；我邊跑邊大聲喊姑媽，連忙接過她的菜籃，裡面一樣是小活鯽魚，小口一張一合，小尾巴一甩一甩。媽媽聽到我的喊聲，迎出大門，幾乎和姑媽擁到一起。我趕緊匯了一盆水，將小魚倒進去，只見牠們豎起背脊，歡快地游了起來。媽媽和姑媽早笑成一團，笑她倆兒又想到一塊了。姑媽還沒忘記，將那朵別在大襟前盤扣上的石榴花，插在媽媽的髮髻上。兩朵鮮紅的石榴花又湊在一起。

姑媽那天穿在身上的，是葡萄色綢料帶大襟的褲褂，紫色緞面上繡著黃色菊花的小腳鞋，都是媽媽親手縫製的。她纖細的臉頰透著紅暈，白髮髻、鮮紅的石榴花，很是儷俐。如果那年頭有小腳奶奶選美，姑媽一定入圍。

院子裡瀰漫著熬小魚的香味，玉米麵餑餑的甜味，混在一起，向外飄去……，至今我仍能清楚地聞到，在我身邊，沒散去。

一九五八年，大躍進時代，我們家也跟著躍進，要翻修這百年老屋，工程很大。按計畫，那天要拆掉破舊的地板，換地磚。姑媽像灑歡兒的小孩，踩著三只小腳，總想伸把手。媽媽怕她摔倒，一把將她按在院子裡的籐椅上。「我們家地板都是被姑媽小腳後跟，噔噔地踩斷的。」「弟妹的大腳板才可怕哩！整天啪啪地走，震不壞才怪呢！」她倆一來一往的逗趣，讓工人師傅們都停下了手上的活兒，笑彎了腰。

我就是聽著這些笑聲，在媽媽和姑媽的懷抱中長大。在鮮紅的石榴花開了又開的歲月裡，一切都是天經地義，她們也從不知道青春的逝去；只是，姑媽的那雙小腳，不好走了，來我們家的次數漸少了。當媽媽要幫她修小腳時，讓我去接她，一般只需十分鐘的遠近，我牽著她的手，在曲里拐彎的小胡同裡，要晃上半個多小時。媽媽總是埋怨這小胡同太窄，走不了三輪車，讓姑媽這麼辛苦。

姑媽那雙小腳是絕不給外人看的。直到我上了初中後，在她們眼裡，不再是那個不懂事的小丫頭了，可以在媽媽幫她修小腳時，負責端盆倒水，在一旁伺候，這才看到那雙小腳本來的模樣——高高隆起的腳背，圓圓的腳後跟，只有大拇趾直直地向前伸著，其餘四趾都是硬生生地折斷骨頭擠在一起，踩扁在腳底板下。整個小腳被緊緊纏繞在五吋寬、六尺長的白洋布裹腳條裡，永不見天日。

一九六六年，文化大革命席捲而來。姑父的家庭成分是地主兼業主，劃爲黑五類，全家遣送回原籍。已八十歲的姑媽經不得折騰，不久便在老家過世了。那個被隔離的年代，我們無法親自送姑媽遠行，只上過幾天掃盲識字班的母親，很難用文字來寄託哀思，於是她買了當時最暢銷、寫大字報專用的標語紙，做了一堆紅白參半的石榴花，在漆黑的夜裡，燒給姑媽。後來大表哥寫信告訴母親，姑媽是穿著那雙她最喜歡的黑緞面繡著鮮紅石榴花的小腳鞋走的。

生與死永遠交替著。兩年後，在我兒子滿月那天，我抱著她回娘家。母親看到盼望許久的外孫，興奮地抱在懷裡，又趕緊拿出一套淺藍色和尚領嬰兒服，和一雙用大紅緞子繡成的嬰兒鞋；這是母親中風後用那雙不太靈光的雙手，歷經辛苦一針一線縫製的。我一下子摟住母親，任憑淚水浸濕在她肩上。我瞅著她已經花白的齊耳短髮，腦海裡不斷尋覓那梳著烏黑發亮大髮髻的媽媽。我將紅色包子鞋穿在兒子的小腳丫上，他一雙小腿不停地蹬蹭著，我和母親同時笑了起來。

那是二朵五月鮮紅的石榴花。

在母親百歲冥誕之際，用那鮮紅的石榴花，懷念我的大腳媽媽與小腳姑媽。

第二個母親

江德怡

在我的一生中，有兩個女人影響我至深，就是我的兩個母親；第一個母親是我的親生媽媽，第二個母親則是我婚後的媽媽——婆婆。第一個母親影響我的前半生，使我勇敢堅強、努力認眞、勤儉持家；第二個母親則影響了我的後半生，使我學會溫柔寬容、謙卑和惜福。

婆婆於民國二十七年出生在高雄縣的農村，家庭環境在當時算是很不錯，有自家的房子田地，又有一間雜貨店。身爲長女的她自幼喪母，雖有繼母，但繼母自己也生了好幾個子女，所以婆婆和同母的兩個弟弟、一個妹妹多是由祖母照顧帶大。婆婆小學畢業後就在家幫忙照顧弟妹和料理家務，因爲乖巧、勤快又漂亮，十七、八歲就有許多媒人上門提親，二十歲嫁給在當地當小學老師的公公，沒多久就隨公公的調動，陸續住過公公的老家苗栗，又到了岡山、左營，最後安定於現在的高雄市三民區。以前教員的待遇並不高，靠公公一份薪水養一家六口，還要租房子；買了房子之後，婆婆除了勤儉持家，更利用照顧孩子和打理家務之餘的時間，勤做家庭加工或打零工。

婚後，我住在婆家近兩年，直到買了自己的房子才搬出去。從我嫁到婆家至今，除了婆婆不在家以及她車禍住院的那幾天之外，我從沒有親自掌廚過。婆婆有三個媳婦，但是在廚房裡，總是由她當大廚，我們這些媳婦只要當助手或在客廳帶孩子，就有色香味俱全的飯菜可吃。她並不是擔心我們做不好，而是擔心我們太累，同時也想加入只有她才做得出來的媽媽的味道；就連飯後如果我們手腳太慢，也搶不到洗碗的工作。她就像 7-11 媽媽，有求必應，隨時服務；我們任何時候回去，都有東西可吃。她還會因應個人的差異，改變和增加菜色；例如先生的二弟回去，餐桌上就會多點水中游的葷食，而如果是孫子們，她就會準備他們愛吃的荷包蛋。

婆婆最喜歡我回去吃飯，因爲她長年茹素不吃葷食，個性又節儉不浪費，捨不得倒掉剩菜，而我最不挑剔，樂意清理碗盤中剩餘的魚骨頭和剩菜。每次回到婆家，不但吃得飽飽的，還大包小包帶回家，有時候婆婆還會專程打電話叫先生下班後去拿東西帶回來。台語說嫁出去的女兒回娘家拿東西叫「查某仔賊」，那我這個搬出去的媳婦回婆家拿東西就該叫「媳婦仔賊」了！先生帶回來的東西當中，大部分是特地爲我準備的。我們婆媳倆都覺得我們在各方面的生活習性和觀念比她和先生母子倆更相近，不知道的人，都以爲我是她女兒，眞是天註定她要做我第二個母親。

從小，在媽媽的訓練下，我什麼家事都會做，唯獨廚藝一竅不通，只會煮飯、煮麵，聽到菜下油鍋ㄅㄧ、ㄅㄧ、ㄅㄛ、ㄅㄛ的聲音就嚇死了，更不用說煎魚和炸東西。婆婆不但不嫌棄我，還一步一步細心、耐心地教我，告訴我各種烹煮食物的訣竅和克服心理障礙的方法，再讓我慢慢嘗試；所以我的廚藝是婚前在媽媽身邊吃和看，婚後在婆婆技術指導和實作之下學來的，兼具媽媽和婆婆的廚藝，但都不如她倆精熟。

婚後三年，一直未懷孕，婆婆不但沒給我這個長媳壓力，反而常常安慰我兒女天註定，無法強求。我生老大時，她幫我坐月子、照顧孩子、提熱水、每天準備三餐加下午點心和宵夜；如果先生不在，還把餐點送到樓上的房間，因爲怕我坐月子期間走樓梯以後腳力會不好。前兩年，我開刀摘除子宮和卵巢的前一週，她不慎摔傷，手腕打石膏，但是在我住院期間，她卻依然每天冒著風寒到醫院看我，讓我沒有因母親過世而缺少母愛的滋潤。

婆婆個性甚爲節儉，不過她只對自己克勤克儉，捨不得爲自己買任何東西，生活非常簡單樸實，對公公、孩子、孫子，甚至媳婦和女婿卻都很大方，是嚴以律己、寬以待人的最佳典範。她從不要求我們爲她做什麼，我們買東西送她、拿錢給她，她總是說她什麼都不缺，要我們省下來好好運用。每年她都會以公公、兒、女、孫、媳的名義慈善捐款，爲我們植福。婆婆不只對家人包容和慷慨，對待別人也一樣；她經常煮東西或送東西去給街坊鄰居的獨居老人，就連住在我家附近的姊姊，每年端午節也都會收到一大串婆婆包的粽子。

由於我是個職業婦女，所以兩個兒子都是由免保姆費的婆婆照顧帶大的。她其實也很忙，常常要背著孫子去買菜、做家事。孩子的大小便訓練和飲食、白天睡眠習慣的建立都是由她主導，雖然沒有讀過育嬰書籍，但是她有豐富的育嬰經驗，帶孩子非常有愛心、耐心和細心，我很感謝她願意幫我帶孩子，她也總是很細心地教我怎麼照顧小孩。她讓孩子穿傳統式的紗布尿布，又配合孩子的飲食和生理時間處理排泄，健康又環保；通常孩子會蠻自然的排尿排便，婆婆不會因為孩子不配合就罵或堅持強制，這讓我非常佩服與感動。她並不要求我也這樣做，但是我覺得這種習慣的訓練和養成非常自然，所以我就學她照做，無形中省了許多紙尿褲的費用，也有助於親子關係。

年輕的新婚夫婦在生活習性的磨合和對人事物的價值觀方面，難免時有摩擦，我和先生吵架時，婆婆從不說我錯，而是指責先生的不是。但是從來不對人說重話的她，也對先生罵不出口，所以就要我多容忍、包容他兒子，還教我存私房錢，說這樣對自己和孩子的將來才有保障。我和先生結婚二十年，婆婆從未對我說過一句重話，更不曾在背後說我的不是。和她的談話當中，我可以感受到她對我的全然信任；我也了解到，婆婆教養孩子的辛苦和對公公的體貼、包容是我做不到的。經常，她對我說的內心話比對她兒子說的還多，不過她並不訴苦，而是因為我會主動關心家裡大小事，希望能適時為她分擔解憂；所以她會把許多操心難過的事告訴我，我也努力當一個很好的聽眾和支持者。

婆婆中年開始信仰一貫道，她的信仰非常虔誠，漸漸茹素，我結婚時她已吃長齋，但她從不干預家人的宗教信仰，也不強迫家人要吃素，就像她從不勉強家人做任何事。我和先生參加教會和佛教活動，她不會表現出不悅的臉色，因為她認為做好事是不分宗教的。現在兒孫都不用她操心了，她就每天晚上撥一個小時去素食餐店做資源回收的工作，再把所得捐獻給道場，有空就去道場做志工，或戴著老花眼鏡看佛書。婆婆住的巷子裡，很多家庭主婦有空就打牌、簽六合彩或東家長西家短，婆婆從不參與這些活動，不過依然跟街坊鄰居相處愉快；鄰居借蔥、借蒜和白飯，她也不會再「借」回來，對人和氣而慷慨。

婆婆雖然學歷不高，但是她爲人處世、待人接物，甚至生命的價值觀卻都是我們這些高學歷子女的最佳典範。從與她相處和看她對待親人、鄰居、朋友和外人的一言一行，我學會對人更溫柔寬容、謙卑和惜福。每次聽到別人婆媳不合，我就覺得我眞幸運，能有一位像母親一般疼惜我的婆婆；幾年前母親過世後，我也更加珍惜這「第二個母親」。

阿嬌姨的真假老公

艾妮

說到「冒險」，一般人會把它和「年輕」聯想在一起，或登高峰或荒野探險等。但是，在我認識了一位年過五十、卻隻身從上海來到台灣「拚經濟」、「開發新前途」，一切都從零開始的阿嬌姨後，讓我對「冒險」一詞有了新解。

阿嬌姨目前在我婆家擔任蛋類雜工的工作。四年前，她在上海離婚，和一位從台灣去的四川老榮民結婚，然後再跟著他回台灣，定居在台南。

從下飛機的那一刻開始，阿嬌姨的心裡就開始盤算著找工作了。起初，她還指望著新嫁的老公能夠幫她，一個月過去了，老公非但沒有動靜，還要她繳每月的「結婚費」三千元。

原來，阿嬌姨在上海是假離婚，結婚也是一個幌子，爲了是能夠來台灣賺「新台幣」。台灣的老公是人家介紹的，拿了阿嬌姨一點錢，同她做夫妻，外加每月照收的「婚期租金」。

工作還沒下文，就要付錢出去，阿嬌姨不甚願意，但不給又不行，因爲她的假老公威脅她，如果不付錢的話，就不「租」她了。

阿嬌姨是好氣也好笑，在上海的眞老公是好吃懶做，吃喝嫖賭樣樣都來；台灣這個假老公，視錢如命，雖然勤儉工作，卻怕她怕得要死。阿嬌姨心想，大概這位「假老公」是聽多也眞看見了，幾位從大陸娶老婆回來的榮民朋友，身上的「養老金」被新娘騙走的事實，不得不讓他提防這個美麗的假老婆吧！

阿嬌姨暗暗地把眞假丈夫給比較一下，台灣這個還算不錯，至少不打她，而且還經常帶她到各夜市吃小吃。想到這點，樂觀的她也就不再生氣了。

上海那邊兩個已經討老婆的兒子天天打電話來問，工作找到沒？什麼時候可以開始寄錢回家？更讓阿嬌姨不能有「閒」愁，因爲她身上背負著在台灣賺錢，讓兩個和他們老爸一樣「找不到」工作的兒子買房的大任。後來，她憑著在台灣跟著「假老公」到處吃小吃的經驗，自個兒找到了「兵仔市」，問到了我婆婆經營的蛋行。

兵仔市蛋行的工作時間，是從半夜一點開始，一直到早上十點左右收工。阿嬌姨每夜提前半個鐘頭到，認眞工作，凡事都搶先一步；讓同樣是風裡來浪裡去、翻滾大半生的婆婆，對她讚美有加，知道她要負擔大陸那邊的家人，又替她介紹了一份工作。

阿嬌姨每天早上從蛋行下班後，就立刻去切豬肉，一直到下午，回家小睡一會兒後，又馬上去洗蛤仔。三份工作做下來，每月的收入過五萬元。

她省吃儉用，在台灣不到一年半的時間，身邊就存了將近五十萬。民國九十六年的農曆年節，高高興興地接受了老闆們給她的大紅包，準備風光地回大陸。台灣的假老公，此時，已經對她生情，怕她不回來，也吵著要跟著去。

阿嬌姨對假老公說：「我一定會回來的，台灣錢那麼好賺，我怎麼會留在那裡呢？」假老公送她搭機時，竟然塞給她一包紅包，她很想對假老公說：「除了賺錢之外，你對我好，讓我每天工作回家都有熱飯可吃，也是我想留下來的原因之一。」

但她最終還是沒說，畢竟她還是沒有跨過「假老公」這層帶點不明確的心理障礙。日子就這樣過吧，最重要的是自己有賺錢能力，這才是最眞實的。

阿嬌姨在台灣的日子，一晃眼就四年了。這幾年，她分別替兩個兒子買了屋、替大陸的婆婆辦了一場風光的葬禮；最刺激的是，阿嬌姨做了一件她這輩子都想不到的「壯舉」——那就是，拿出二十萬，把大陸那邊的「眞老公」給「眞離」了，眞老公和他的小女朋友，從此離「家」。兩個兒子，因爲阿嬌姨出的資本，各自開了泡沫紅茶屋，生意很不錯。

阿嬌姨當初來台灣的夢，一個個都實現了，但她還是照常一天趕三班工作，因爲她還想要讓兩個寶貝孫子移民台灣，因此她還必須努力存錢……。

阿嬌姨的日子和初來台灣時一樣，唯一不同的是，台灣的「假老公」變成了「眞老公」，現在再也不拿阿嬌姨的月租費三千元，不但不拿，每月還會給老婆大人一萬元的「理家費」。

這是一個眞實的故事，一個從兩岸不能往來跨到兩岸自由通婚的一個女人的故事。雖然其中還有一部分的不明確和小小的違法，但是，撇開條文不說，一個女人冒險離開生活了半世紀的家鄉，來到一處完全未踏過的陌生土地，開發她的夢想，並且一步步地實現她的夢想，阿嬌姨，眞不愧是新移民的女性探險家呢！

王師北定中原日

張慧民

在這麼多的芸芸眾生中，她其實是最最不起眼的人，她從不會說時尚的言語，她更不會以所教授的課程刁難學生，甚或有所厲色相對。她總是不疾不徐，用那稍嫌沙啞渾厚、不似嬌滴女音的聲調，字句斟酌地論著她的想法與看法，不時對學生徵詢著。她言道，她曾立誓不會去作「孩子王」，結果她一生……。

它曾是你的夢嗎？它曾是多少人的夢啊？它曾在多少人心中魂夢牽縈著？

多少人為它白頭，由青壯走入衰老，多少人為它走進異鄉的荒丘，成了無主的白骨。為什麼憔悴？為什麼消瘦？無情歲月在他們的指縫中，點點滴滴消逝無蹤，再也無從追回的青春年華已悄然溜去。

一襲灰布製成的旗袍，領口都泛了白，看得出它已經有了時間，腳上蹬著一雙圓頭平底黑皮鞋，從及踝的旗袍衩間，看到的是肉色的襪子，當然不是什麼高價位的玻璃絲襪，只是一般極普通的襪子。

直式的頭髮沒有任何捲燙，只用兩根細細的大黑夾子，從鬢角兩邊卡住，花白的頭髮俐落地別在耳後，讓髮絲不致散落。稍嫌黝黑的臉上，脂粉未施，斑點毫不畏忌地展露無遺。

那時候，我們的作文、週記都還是用毛筆書寫；作文課時，她常在命題後，不時穿梭在行列中，偶或倚窗沉思，少見她坐著或像其他老師，離班做別的事。

我們埋頭疾書，也無暇省視她的表情或在意她的舉動，不知何故，她往往立在我的桌前，常會若有所思的，丟下一兩句詩詞給我。

她看到窗外人家大興土木時，撂下一句：「眼見它起高樓，眼見它樓塌了……」，轉身問我知不知道它的出處？突如其來的話語，常令我茫然不知如何以對。她並不是眞要我回答，其實她是自問自答，何以她又有此一問？對一個少不更事的黃毛丫頭如何能體會？如今想起來，她當時心中必有無限的酸楚無人可訴吧！

「……，王師北定中原日，家祭無忘告乃翁。」她低首遊走在講台前，輕拍橫放胸前的雙手，喃喃自語地誦念著。直到後來，我進了中文系所，才知道這是陸游的〈示兒詩〉；陸游一生不得志，遊走在名山大川間，以「放翁」自稱，後人又稱他為「愛國」詩人。

當時她僅唸了這首詩的後面兩句，前面兩句是：「死去原知萬事空，但悲不見九州同……」，可是她要我聽到的卻是「王師北定中原日，家祭無忘告乃翁」，是她早知自己無望看到？要後人能告知先人嗎？——一年後解嚴、開放探親，她眞是沒有等到那天，因心肌梗塞送耕莘醫院急救無效。懵懂無知的我，難以體會她那國破家亡寂寥的心。

對於她的事蹟，在她所著作的《聖地花》裡，有多少是屬於她的過往？對這群十六、七歲，天眞爛漫的懷春少女，究竟能體會多少？想必只對文中的西藏、新疆大漠，一些遙不可及的事物好奇，或有學生追問她騎乘駱駝好玩嗎？在那封閉的年代，對岸的訊息如此薄弱，多數人是被書中她那似有若無的情愛故事深深吸引著，總會好奇地探詢，卻從未得到任何答案。

她廿七歲成爲錦州女校校長，本該有不凡的人生閱歷；日本的鐵蹄血染了東北，九一八事變她帶著一群流亡學生逃往西南大後方，她的足跡因此也掃遍了西南山川。相信藏族的宗教和無垠浩瀚的大漠，在她的生命中必定激起許多漣漪，才讓她寫下了《聖地花》這部巨作。

「內方外圓」，九二一後的那年我到中寮參訪，看到宗教團體協助災區重建的校舍，有一棟建築長廊運用了這句設計，讓我駐足沉思良久。因她曾要求我做一個「內方外圓」的人，我當時頗不以爲然，橫衝直撞地說：「這是虛僞……」，我的頂撞，她不以爲忤，僅笑笑點點頭地過去了。

若干年後，在紅塵幾經翻滾，看到這寓意深遠的建築，再回首這四字，它需要多少修爲後才能做得到？要到人生經過千錘百鍊，達於爐火純青的修爲，才能不爲外物所染保有清明自我。

那年，我許下了婚姻的誓言，到她居處稟告，呈上喜帖和甜餅，她殷殷細問，得知我的婆母所出之所，語重心長地對我交代相處之道，我以「『誠心、眞心』對之何物不摧」輕慢應之。

今日爲文，這切膚之痛，仍讓我難以自己；她雖不曾有過婚姻體驗，卻因對我的了解，看得如此透徹，中肯直指要害。少不更事的我，當時未能體會她的擔心，終是成了傷痕累累無可言喻的痛。

人生許多事，不是一個「眞」、「誠」就能化解，那些刻意挑剔日積月累後，就再也無法承擔的想逃。爲文記事，她那誠摯、關愛、疼惜的眼神直在眼前縈繞。

獨身的她，雖貴爲「國代」，薪俸足以讓她無虞匱乏，那一襲領口泛白的灰色旗袍，簡樸的裝著卻深印心底。她長年茹素，生活如苦行僧般簡約，班上有些同學曾長期受她接濟——這是在她去世後才聽聞的。

她和弟弟一家共居，對其子姪視如己出，國家配售給她的住宅如今安在？二十多年她逝去的歲月裡，她曾經珍愛的學生，都已是年過半百邁入甲子之齡，星雲流散各地難再聚首，閱歷了人生況味後，才知曉師恩的濃情意厚。

【後記】

一生中有兩位對我影響深遠的于老師，一是大學時代于大成恩師，一是文中所述于紉蘭老師，我高中的國文老師。

紉蘭老師高一僅教授我們國文，高二和高三就兼任班級導師。三年來她僅有一次對我們體罰，那是因爲我們午休時

高中時與恩師于紉蘭女士攝於教室門外。

溜到校外買吃食。當時她站在樓上看著我們歡喜地走回校內，沒有發出任何言語，依然讓我們午休；下午把我們叫到樓梯間，在老師的備課室裡排成縱列，依序說出自己所犯的錯，接受體罰，班長哭得涕泗橫流。我的記憶庫中僅此一次，她動怒打了我們。

寫這篇文章時，才發現柏楊先生稱她為大姊，他的子女稱她為姑姑，這層關係如何建立？不知，也不曾去尋找相關資料。讓我驚訝的是，在那個年代，她能獨排眾議，不懼威權和異議人士交往，足見她的膽識和胸襟，堪稱女中豪傑。

她帶我們到校外聽演講，台上的人物走到台下和她握手致意，陳立夫先生和她並坐寒暄，這些檯面上的大人物，當時是如此高不可及，她皆淡然處之，不見有任何特殊舉措，謙謙君子進退不失其分。

謹以此文紀念一位逝世二十多年的老師，她雖然沒有什麼豐功偉業可以記述，以一介女流橫掃大漠蠻荒之地，並能成為「國大代表」，必然對那個時代有所貢獻才是。

九十七年新歲，憂時事，思往事，不覺潸然淚下，為文禱之，祈願人心似清流，無有兵災戰亂。

附錄

生命・留離

蛻變與凋零如同生命的基調時時謳歌著

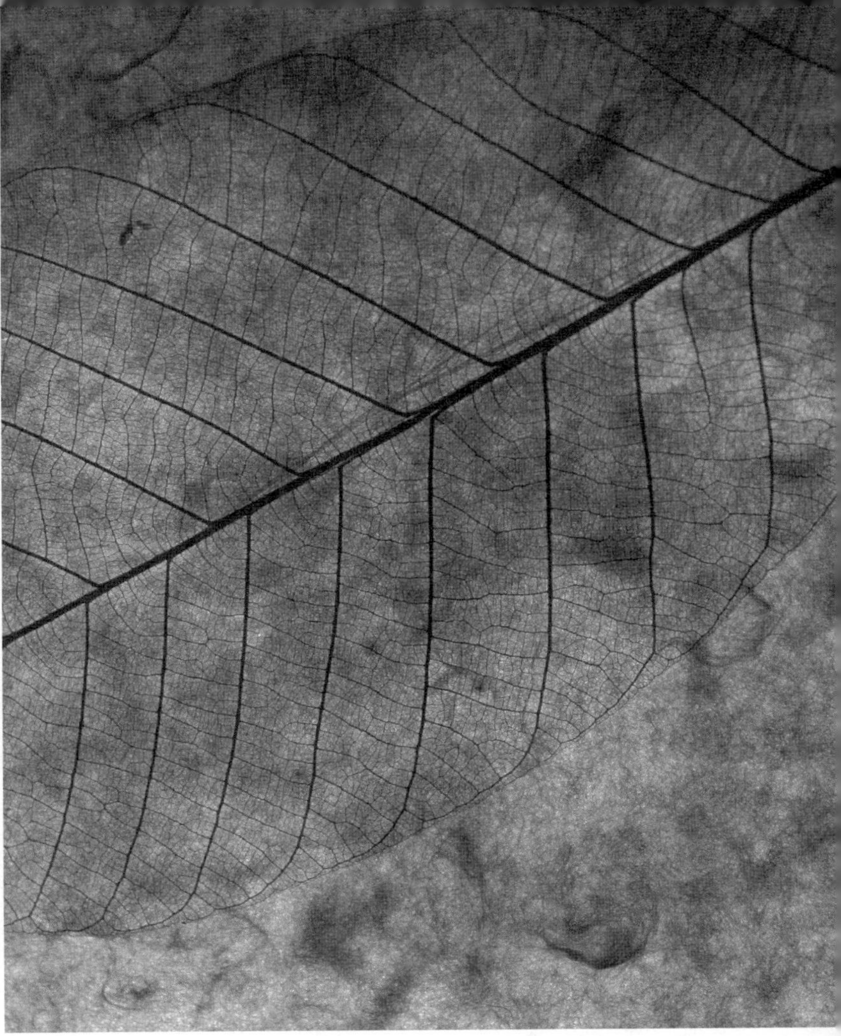

躲

阿諾

我的三個女兒，喜歡用浴巾把書桌底下圍成封閉的空間，躲在裡面玩，我問：「在裡面不會黑？不會怕嗎？」她們回答：「躲起來比較安全、比較好玩。」躲起來比較安全，對！躲起來比較安全……。

躲亂世

媽媽挺著大肚子、左右手各摟著二妹及三妹，奶奶抱著我、三姑姑和小姑姑緊緊挨在旁邊，我們躲在黑暗的閣樓，不敢發出任何聲響。前門和後門完全敞開著，地面排列長長的竹竿，爺爺、爸爸和三個叔叔手裡各拿著武器躲在門後方的陰暗處，廚房的爐子不停地燒著開水。祈禱這一波亂民只是從門前通過，看見門戶大開、看見內部無啥值錢的物品又似乎沒人的樣子，不想進入；如果亂軍眞的闖入、踩到地面的竹竿滑倒之際，爺爺他們就一起上、用力打、澆開水！

一九六〇年代，印尼和菲律賓對華人的嫉恨，逐漸向東南亞其他國家蔓延；一九六七年，中國共產黨焚燒緬甸國旗的事端，引發緬甸人民排華的積怨，經常聚眾作亂、打家劫舍、燒殺辱掠。中國人隨時處在惶恐不安的處境中，把祭祀祖先的神位和香爐藏匿起來，爸爸和二叔站在巷口輪值把風，奶奶、媽媽總把值錢的東西綁在身上，做好了隨時逃命的準備。有一次，我們所居住的緬甸二十二號街有一戶華人在辦喪事，依照習俗，家人將往生者的生辰與生前重要紀事寫在紅色的布條上、並用竹竿撐起，出殯時由家人扛在肩上，卻被亂民誣賴爲共產黨的五星旗，以此爲藉口來打劫我們這一條唐人街。同住在二十二號街的緬甸人擔心事件擴大，特別向爺爺商借一幅很大的緬甸國旗，掛在街頭，並由緬甸人輪流站崗，才沒發生不幸。

上天保佑，傍晚時刻亂民離開了，大家鬆了一口氣。隔壁幾家的婆婆、嬸嬸站在路旁嚎啕大哭，那些沒天良的趁火打劫搶走了家當、還將汽油倒進他們的米缸，又要餓肚子了。爺爺從街上打聽消息，凡中國人開的私塾全都被破壞了，政府毫無預警的廢除現有的貨幣、另發行新的貨幣制度，不僅失去了學習中文的機會，連爺爺奶奶多年來工作的積蓄都化爲烏有，當時我六歲，從奶奶的臉上看見氣憤和絕望。爺爺認爲緬甸這個國家不適合我們生活，爲了學中文，移民到台灣吧！

除了新婚的二姑姑因爲姑丈公職的因素不能離開，一大家子合起來總共超過二十個人，要移民談何容易！政府只開放緬甸到泰國的機票，爺爺透過關係事先打點好泰國轉機香港、再轉機台灣的機票。由於爺爺的身分特殊，爸爸擔心有心人士會趁機在爺爺的行李或身上放入違禁品，用嫁禍栽贓的手段抓走爺爺；所以在離開緬甸機場的那一天，爸爸出動了所有的朋友，將爺爺層層圍住、貼身護送他離境。爺爺帶著三姑和兩位叔叔爲先鋒部隊，輾轉勞頓到台灣，靠朋友幫忙找到臨時的工作，落腳台北縣中和南勢角的華新街。幾個月後，爸爸、媽媽、奶奶、二叔和我們四姊妹爲第二批離開緬甸；再過半年，大姑姑、姑丈和四個表姊妹以及兩位阿姨進住這華新街二層樓的宅院，一九六九年，展開移民的新生活。

躲房東

移民到一個完全陌生的新環境，豈是一個「苦」字可以概括。在機場被緬甸海關欺侮、蹧蹋，硬說我們的鐵製大型行李箱暗藏珠寶，撬開、破壞，沒找到珠寶還罵人；所有人擠在泰國過境旅館過夜，有的睡地板、有的睡椅子，隔天在候機室清點人數，竟少了二妹，折騰了半天才在床底下找到還在熟睡的妹妹。

台灣的冬天好冷，和緬甸溫暖的氣候完全不同，才剛滿月就離開緬甸的小妹禁不起寒冬得了氣喘，叔叔冷得縮在木板上發抖。在緬甸，只要靠奶奶和爸爸經營裁縫店可以養活一家人，來到台灣，完全從零開始；所有的青壯年都外出找工作，但是沒有兵役證明、也沒有保證人，想工作可是受盡委屈。別人可憐叔叔沒飯吃，給他一碗飯到自助餐店配湯汁；爸爸到修車廠當臨時工，每天工作到半夜兩點；媽媽在塑膠工廠常常加班到九點才回家。白天只剩下奶奶在家做毛衣加工，照料十二歲的小姑姑以及八個小女生；十個人枯坐在一張草席上，我們當時眞是乖，不哭不鬧、逗弄地上的螞蟻玩，奶奶經常偷偷流淚，咬緊牙根忍住這個「苦」。想念緬甸清晨五點成群的烏鴉停在路旁的汽油桶上嘎嘎的叫，想念隔壁茶舖的印度奶茶香，想念下午時刻坐在門前的台階上看著小販們頭頂著各式的點心叫賣。

宅院的房東講明了討厭小孩，不喜歡小孩子把他的房子弄髒弄壞，而且總在晚餐時刻突擊檢查。爲了討好房東，只有大人們在一樓用餐，媽媽和大姑姑各捧著大碗的飯菜把自己的小孩趕到二樓吃飯，以前爲了躲亂軍、現在是躲房東。

躲台灣人

受不了房東的百般刁難，搬離二樓宅院，住進華新街一一三巷的連棟公寓；四排的連棟公寓，第二排和第三排面對面、中間隔著二弄，我們在第三排又搬過一次家，從十四號四樓搬到十二號三樓。這一條無尾巷和連棟公寓，每每出現在我的夢境。

家裡的經濟狀況逐漸穩定，小姑姑和我進入小學念書，奶奶在家代工西服、照顧還沒上學的妹妹們。放學後我帶著妹妹到附近的學校玩，遍地的雜草是我們辦家家酒的佳餚；然而，最想玩的是那個忽高忽低的鞦韆，因爲言語不通，我們總是等到遊樂場的人走光了才能玩一下下。

某天，我們的運氣不錯，到達遊樂場時沒有別人，我和妹妹各站上一個鞦韆，盪得好高、好高。一會兒，三個男孩走進遊樂場，一臉兇惡地抓著鞦韆的鍊條，雖然聽不懂他們說的話，但是命令我們離開的意圖非常明顯，我認爲今天我們先到，理應由我們先玩，三個男生見我們並沒有離去的意思，愈罵愈兇（幾年後我懂得他們罵的是非常不雅的粗話）、愈走愈近，忽然，用力扯下了三妹的長褲，這個突來的動作嚇得妹妹大哭，我牽著妹妹一路哭回家，我不明白，我們做錯了什麼？從此以後，只敢蹲在草叢玩、躲台灣人。

漸漸的，在台灣的生活穩定，便著手協助其他親友移民來台。移民的模式比照我們，先遣單身的年輕人來台暫時寄居我家，俟工作穩定、有租屋能力，再申請其他的家人移民。也因此，家裡總是很熱鬧，所有的阿姨、姑姑、表姑們同住一個房間，表叔等男性則睡客廳，晚餐的時候要分批吃飯。爲了就近相互照應，爺爺幫移民來台的親友在二弄租屋——小姨婆和五個表舅住在十五號四樓、三姨婆和四位表姑住在十三號三樓、大姑丈一家人住在十一號二樓、舅公一家八口住在十二號一樓、爸爸的朋友家人住在十號一樓、爺爺朋友的兒子一家住在十四號一樓。另有幾戶在大街上賣緬甸料理，其中一位雲南籍的婆婆煮的緬甸料理最道地，每到假日總是門庭若市、大排長龍，一一三巷幾乎成了緬甸華僑的聚居地，好不熱鬧。

爸爸最愛熱鬧了，媽媽偶而也會做一些緬甸料理，邀請所有親友到家裡聚會，這一天家裡就像在辦喜事，話家常、聊緬甸的陳年往事。隔天，雲南籍的婆婆向奶奶抱怨，因爲我們的家族聚會害她的料理賣不出去，下次我家如果再煮緬甸料理，拜託奶奶提前通知，她就可以休假啦！

一群小孩放學後在水池平台上跳格子、玩橡皮筋，有人喊：「矮王來了！」小孩們一哄而散，各自找地方躲起來；我和妹妹躲在樓梯間，我們很怕這位山東腔的大嗓門清潔管理員，他總是拿著竹掃把趕小孩。搞不懂，爲什麼我們總在「躲」？

躲進家裡面安心多了，華新街的連棟公寓是緬甸華僑的心靈避風港，這裡有許許多多值得慶賀的喜事：有叔叔、姑姑、阿姨們結婚的歡樂喜氣，表示生活安定讓他們輩決定落葉生根；有媽媽生下弟弟的重大喜訊，八個孫女之後、這是爺爺的第一位孫子，意義非凡。還有我求學的成長記憶，我們這一輩喪失僑生資格後，我是第一位面對台灣的高中和大學聯考制度，而且還考上公立學校的。這也表示我要離開華新街、獨自到陌生的台南求學，但是，這次離開家，不再像離開緬甸時那麼不安了，至少語言會通，至少我的家還在啊！

躲鄉愁

爲了減輕爸媽的經濟負擔，我利用課餘時間兼任三個家教，承包學校的海報設計，並且限制自己寒暑假才能回家以減少開支。大學一年級的元旦連續假期，同學們都返鄉了，我承攬同學的期末作業，獨自留在系館打拚。空蕩寂靜的系館激起思鄉的情緒，走到電話亭打電話回家問候；奇怪，電話沒人接聽，這個情形太不尋常了，家裡從來不會沒有人，最少，奶奶一定在。試了幾次都一樣，到底發生了什麼事？不安的在電話亭和系館間踱步，每半小時就試撥幾次，結果都一樣沒人接聽。不得已，撥電話給出嫁的三姑姑，姑姑告知：爸爸他們今天在搬家，電話移機尚未裝設完成。幸好不是出了什麼意外，一個人躲在系館哭泣，好想回家！

爲了學費，放棄寒假假期參加研究計畫，除夕前一天，總算要返鄉了，但是家搬了！搭夜車北上，黎明時刻走回華新街的連棟公寓，爺爺依約在公寓等我，帶著我步行到南勢角景新街的新公寓，華新街的連棟公寓由剛當上爸爸的三叔續租。回頭望著還沒甦醒的公寓，沒想到四個月前離家去念大學，竟是永遠離開了成長的華新街。

奶奶和媽媽備好了奶茶早餐迎接我，奶茶很香，但是缺少一種說不出的濃濃味道；爸爸帶我參觀新家，解說如何和建商討論地磚的顏色，全家人如何辛苦地整理家當，我想老天爺刻意安排我「躲」在台南，避免賴在華新街，整理不了紊亂的記憶家當。這是移民台灣十四年辛勞的成果，從此脫離了租屋搬家的不安定感；這是爺爺奶奶的心願，終於在講國語的土地上擁有自己的房子。一九八三年，我們在全新的家過新年。

景新街位處台北縣中和、永和、新店和台北市的交界地帶，也是我們家世代交替的重要場景。三妹、我、小妹、阿弟陸續組成新家庭，老爸、奶奶、爺爺卻先後離開，是因爲你們覺得不需要再搬家了、所以可以永遠「躲」起來了嗎？看見老媽坐在安樂椅上打盹，我想念叔叔姑姑們的西洋音樂、想念奶奶和媽媽在廚房煲湯的香味、想念爺爺爸爸敲敲打打修理家具的身影。

躲婚姻

結婚後，用工作拖延，遲遲未搬到台南，是擔心再一次離開家？還是害怕家再一次離開我？每兩週到台南和先生小聚，婆婆不懂國語，一直不認同我這個不說台語的外省人。先生帶我到台南縣將軍鄉漚汪鄉下的老家，看見婆婆將田邊小小的芋頭挖出來，不解地詢問：為何不等芋頭長大了再挖？婆婆將挖出的芋頭推到我眼前：「這芋頭生得差，要挖出來處理，就像妳生得差，要卡緊處理掉同款！」四周寬廣的田野，竟找不到一處可以容我躲藏的地方。

一九九三年除夕前，帶著兩紙箱的行李暫時住進公婆在台南市公園路的家，準備過第一個台灣人的年。先生特地為除夕圍爐買了一個鰱魚頭，因為他想吃我曾經煮過的砂鍋魚頭；當我開始料理晚餐時，婆婆大聲嚷：「妳煮的這是蝦米東西？今晚妳大哥大嫂要來圍爐，妳煮的東西可以吃嗎？」彷彿鞦韆前的三個小男生，一把扯下了我的褲子，我躲進房間，看著一直都打包好的兩紙箱，希望永康的房子快快完工，這裡不是我的家！

過完年，三月份搬進永康的家，靜靜坐在餐廳，看著我親手設計的櫥櫃與餐桌，我終於了解，爺爺奶奶費盡心思帶我們離開不歡迎中國人的緬甸，爸媽終其一生辛勞也要貸款買一間自己的房子，為的是這一分篤實的安定感。

三個女兒躲在桌子底下喊：「媽咪，妳也來嘛，妳也躲進來和我們一起玩啊！」不了，我不再躲了！

遷徙地圖

曾瑾珠

依稀記得，是在民國三十八年的那個秋天，爸自外歸來，鄭重地向家人宣佈：「過兩個月，我們要搬到台灣去住，因爲共產黨就要打來了。」

台灣，是個什麼地方？它究竟在哪裡？問號第一次浮上我的心頭。

過了幾天，聽大人們聊起：「聽說台灣的豬肉和雞蛋都不能吃。」聲音中充滿了惶恐和不安。

又過了幾天，我來到學校，同學說：「我爸說，教我們的音樂老師是共產黨耶！」怎麼！又是共產黨？我問同學：「到底什麼是共產黨嘛？」同學回說：「大人說不准問，所以我也搞不清楚。」說完還吐了吐舌頭。找不到答案之際，我終於自己發明一個結論：「依我看來，共產黨一定是一個比洪水猛獸還恐怖的東西，而我們那長得不錯的女老師應該是『妖魔鬼怪』的化身，準沒錯。」當時年幼的我，竟暗自佩服自己的判斷力，現在想來，猶不禁莞爾。

那時，老爸服務於空軍，因職務之便，全家便搭乘當年看來很威風，現在想來很遜的老母機（運輸機），搖搖晃晃地由四川省重慶市直飛台灣。

懵懵懂懂，幾經周折，全家老小總算抵達台灣的第一站——虎尾。

虎尾雖是鄉下，卻是個有趣的地方：佈滿帳棚的廣場是臨時棲身之所，匯集自大陸各省來台的難胞，倒挺像一個「集中營」。

虎尾早期以製糖聞名，於是鄉間的小小鐵道上，每天奔馳著裝滿甘蔗的小火車，我們這群不要命的小孩，為了偷取車上的甘蔗，以便大快朵頤，不停地追逐那飛奔中的火車，為了啃撕蔗皮，吸取蔗汁，有時嘴齒流血，還渾然不知，在那青澀而懷念的日子。

尋尋覓覓，爸爸終於在嘉義市民樂街物色到一棟日式舊房舍，一家人第一次有了落腳的地方。

同時，爸將我安排至民族國小就讀一年級，可是那幫本省孩子，簡直把我這唯一的稀有民族（外省人）當成外星人看待，不僅不准我從教室正門口出入，還規定我只能爬窗戶，還好窗戶低矮，否則我一定很悽慘。更絕的是，包括老師在內，全班均操著我有聽沒有懂的法語（即台語）上課和交談，我欲哭無淚，且當時還投訴無門呢！

像遷徙的候鳥，爸爸由於工作的緣故，舉家又遷到了台南，我們的房子座落在南門路優雅的巷弄中，而我又轉學至台南空軍子弟小學，位於水交社眷區。每天，我越過南門路到空小就讀，春夏，兩旁鳳凰木綠葉成蔭，像遮陽傘一般，六月驪歌初唱時節，所開的花更紅似火，豔如陽，每當和風吹過，花瓣雨紛紛淋在路人臉上、肩上，想不醉也難囉！

初到空小，喜遇我的族類，儘管老師們的方言南腔北調，但在我們聽來，却如父兄一般親切。同學之間除了國語，還說著我們的第二共同語言——四川話。

到了空小，我可是如魚得水，每天都玩得天昏地暗，日月無光的，書背完沒？作業寫完沒？那是誰都想逃避的現實——隔天八成會被打或罰站。

因緣際會，全家再度從南門路搬到水交社的「克難村」，房子屋頂覆以薄似紙片的紅瓦，屋內牆壁係以竹片編織糊上黃色泥巴做成，看樣子是頗為忠於「克難村」三字，且如假包換。

台南空小就位在水交社眷村內，每當夕陽西下，放學後，也是我們「大展鴻圖」的時刻；總是書包一扔，急忙鑽往校園旁桂子山的防空洞中，便開始了探險的壯舉。

據說這是一個日據時代所挖掘的軍事防空洞，洞內狹長而黑漆漆，僅有一軍方電話班設在此。平日無人，但有微弱的燈光，很似鬼火。入得洞來，女生跟在男生後面匍匐前進，走在前面的男生，故意裝神弄鬼，並發出悽厲的叫聲，嚇得女生魂飛魄散，花容失色，紛紛拔腿向洞口逃去。那種既喜歡又怕受傷害的感覺，眞的很夠刺激。出得洞來，我們又爬至山頂，拔取尋找泥土中一種白色類似迷你甘蔗叫「茅根」的植物，管他三七二十一，洗也不洗，便放入口中吸食其微甜的汁液，其實也沒吸到什麼，可還認為那是人間美味呢！

我家住在荔宅里八十八號，老公家住在八十一號，相隔咫尺，因「近水樓台」及「芝麻綠豆看對了眼」之故，我嫁入了他家，成了全社區嫁得最近的新娘。不過，各位看官請注意，儘管如此，我可還是從飯店坐了花車，以吹吹打打的樂隊送入他家，可不是用走的喲！

水交社眷村實在是一處福地，充滿了血濃於水的感情；到了年節時分，大家總是互通有無，張家媽媽送來灌好的香腸，李家媽媽送來臘肉，陳家媽媽送來自己蒸的年糕，我家奶奶也在廚房內忙進忙出，忙不迭地把做好的糕餅往鄰居家送，整個村子飄散著濃濃的食物香味，似乎也飄散著濃濃的鄉愁。

曾幾何時，我已從童稚的孩子蛻化成為人妻、為人母，甚至即將為人婆婆；村中老一輩逐漸凋零，如今，眷村也走過歷史的滄桑，面臨拆遷的命運，鄉親們終將紛飛，繫於數十年的情懷，雖然已將「他鄉當故鄉」，但依然不免徒留惘然。「黃鶴一去不復返，白雲千載空悠悠」，最是此刻心情的寫照。

油麻菜籽

黃鳳英

冬末春初的人行道上撒滿了菩提樹落葉，看著樹梢冒出新芽，心中想著：我這剩餘的人生，會像菩提一樣在舊葉凋零後仍吐出新芽來嗎？

人的一生能有幾次選擇，是要將選擇權交到別人手上還是由自己決定呢？出生由父母的基因決定，結婚對象由兄長決定，老年以後的生活終於可以由我自己決定。因爲想爲自己活，現在的我過著充實的日子，週一至週五到長青學院上課，週六、日偶而到兒子家住一兩天、度個假，這是我目前的生活方式。

童年時光

我出生於民國十六年的美濃小鎮，年幼父母雙亡，由大哥撫養成人，我對父母親的印象很模糊，也無法形容父母疼愛子女是什麼樣的感受，但是大哥對我猶如親生子女般的照顧，是我這輩子永遠無法忘懷的。

九歲時進入初等學校讀書，因有點小聰明又很努力，成績一直名列前茅；初等學校畢業後竟然通過了高等科考試，大哥二話不說讓我繼續求學，在當時是一件多麼不容易的事情。他爲了養家提早結婚，大嫂與大姊承擔了所有的家務，在那物質生活十分匱乏的年代，我的精神生活卻非常的充實。

青春年少

高等科畢業後我考取了國小教員的工作，離開家到屏東師範受訓，這也開啓了我的青春時光。師範學校的養成教育讓我對自己更有信心，結訓後回到家鄉執教鞭，當教員的日子可說是這輩子最幸福快樂的時光。家務由兄嫂、大姊打理，學校下課後就是自己的時間；我用存下來的薪資買了一台縫紉機，利用課餘時間學裁縫，時間就這樣從指縫中溜走了。

到了適婚年齡，三哥屏東農校的同學有個弟弟，因當年一起通車而熟識，人品及家世皆不錯，於是介紹給大哥認識，大哥打聽之後便決定將我嫁給他。我就這樣成爲他的妻子，是人生一個很大的轉折點。

婚後人生

雖然生長在農業社會，但因兄姊的疼惜，很少幫忙農事，嫁到夫家後仍然從事教職；在那個時代，教員的薪資非常微薄，女人婚後外出工作者也不多，婆婆嘴裡不說但心裡卻想著：女人婚後哪需要拋頭露面去掙錢呢？婚前跟老公不相識、不了解他的個性，對於夫家的事更是一點也不清楚；婚後家中的經濟由婆婆掌管。婆婆將喜宴的禮金全數交給我們小倆口，但我根本不知道有多少錢，而且一毛也沒拿到，全歸老公所有，當時也不敢開口問老公把錢用到哪裡去。他的沉默及不善理財，把家裡的經濟搞垮了，成為我一生噩夢的開始。

過了不久，因患牙疼，向婆婆拿錢看醫生，婆婆說：「我不是把禮金給妳當私房錢嗎？拿那個錢去看醫生就好了。」我只好忍痛回房間，最後實在疼得受不了，只好厚著臉皮跟鄰居的姊妹淘借錢拔牙。在娘家時，大哥從未讓我受過這種委屈，我到底把人生託付給一個什麼樣的人呢？當孩子一個個來報到，我已經沒有時間思考這個問題了。

大兒子出生後，由於沒人照顧，於是我辭去教員的工作當起全職的媽媽；老公白天要上班，所以家裡的農事也由我一個人做，這對我來說是一件很不容易的事，但還是咬牙撐了過來。其後，幾個孩子們陸續降臨，日子雖然苦，倒也還算平順。大約在我四十五歲那年，老公為了投資生意，把家裡的不動產全押上，結果失敗，我完全不知道詳情，只知債主找上門來要還錢了事，但家裡竟然找不到任何可以變賣的東西，老公因此吃上官司、入獄服刑。

從此，家計完全落到我身上。一個女人在鄉下沒有土地，只能在農忙時打工賺錢；娘家三哥不忍心看著妹妹沒飯吃，便讓了一塊土地給我耕種。看著用汗水與淚水耕種出來的稻子，金黃的稻穗漸漸下垂，期待收成後就有一筆收入可用了，老天爺卻跟我開了一個玩笑——一場大雨，河水暴漲，把稻子都給沖走了。這時的我眞的不知道要如何是好，既然無法靠天吃飯，只好另謀出路，多虧有許多熱心的姊妹淘幫我打聽工作機會，讓我直到現在還是對她們充滿感激，因爲如果不是她們，我就眞的活不下去了。

不久後，在高雄上班的鄉親幫我找到了一個幫傭的工作，當時心中掙扎了很久——最小的兒子才十歲，叫我如何放下爲人母的那一份責任呢？但是留在鄉下沒有穩定的收入，債務問題及生活費、孩子的教育費，又該如何解決？六個孩子功課都不錯，要斷了孩子的求學路讓痛苦延續到下一代嗎？我深知要脫貧唯有靠讀書才能翻身，於是決定隻身前往高雄。離開的當天，那一幕我永遠記得——無法告訴孩子媽媽爲何要到陌生的地方工作，也沒法子繼續照顧他們；大一點的孩子可以體會母親的痛，小兒子卻一直不諒解母親當時的決定。到了高雄之後，每當夜深人靜，常常一個人淚濕枕頭，爲了生計不得不咬牙撐下去。

幫傭甘苦

到了雇主家熟悉環境之後，便了解老闆爲何要找幫傭。他們一家有十口人，光是料理三餐及打掃、洗衣就讓我累到說不出話來；身體的疲累休息一晚便可消除，心裡的委屈卻是我的痛——長期居住客家村的我，過去吃的多半是自家院子種的蔬菜，調味很簡單，僅用清炒、川燙等做法。料理食物的方法比較單純，以現代人的眼光來看是有機健康，但老闆卻覺得這種食物猶如給豬吃的，一氣之下甚至把菜餚重重摔在我身上，含淚默默承受之餘，幸好有老闆娘幫我緩頰，慢慢指導，讓我學會依照老闆的飲食習慣烹調食物。

幫傭的時候，最期盼的是放假回家的日子。但每次回家，心就被撕裂一次，看著孩子一天天長大，身上卻沒長一塊肉，都小學畢業了才二十八公斤，因此每次回去一定幫孩子準備些食物、乾貨和雞蛋。看到孩子瘦弱的身影，那種酸楚眞是無法形容，爲何這孩子命運如此不好呢？而人的噩運眞是一連串的嗎？賽洛馬颱風來襲，重創南台灣，家裡的屋頂被吹走了卻沒錢修房子，每月薪水一半還債一半家用，根本無力修屋，孩子們只好過著外面下大雨、裡面下小雨的日子。

孩子們一個一個國中畢業了，我在高雄租屋，把他們接過來，讓他們半工半讀直到職業學校畢業。他們一直很爭氣，當兵回來後還考上了公立二專的夜間部；漸漸的，我的負擔終於慢慢減輕，但老公的債務則始終未能完全清償。這些年來，他陸續出了一些狀況，一直過得很憂鬱，但我實在沒辦法諒解他，也沒有心情給予安慰，他或許只是我身分證配偶欄的那個人吧！

所謂的「父債子還」，老大、老二陸續出社會後，兩人分擔著將父親的債務一肩扛起，我則繼續幫傭，直到孫子出生才向老闆娘請辭。老闆娘捨不得我離開，告訴我可以帶著孫子來上工，此時，老闆家裡的孩子也都外出求學，幫傭工作較爲輕鬆，於是，我繼續工作到第二個孫子出生才結束這漫長的幫傭生涯。

含飴弄孫

債務清償後，跟兒子商量頂下三舅的房子，弟弟以優惠的價錢把房子讓給我，開始了生根高雄的日子。先生也到高雄來幫忙帶孫子，家裡的經濟狀況逐漸好轉。過了不久，隔壁公寓要出售，我又向兒子集資將隔壁買下，就這樣，老大、老二每人有了一間公寓。

正當我欣慰於這些年的努力總算沒有白費時，事情卻不如想像的順利。年輕時吃盡苦頭的我，對待媳婦不像一般客家婆婆那樣要求很高；我認爲媳婦有能力工作是件好事，我當然要全力支持幫忙照顧孫子。但是住在一起的妯娌之間好像有了心結，處得不好；兩個媳婦都很能幹，也因此個性好強，互不相讓，最後甚至完全不講話、不互動，我雖然看出來了，不過沒有多問，就這樣子過了幾年。

適逢股票狂飆萬點，台灣的經濟節節上升，房市更是一路長紅，我們位於文化中心附近的公寓，由於地段好，建商派人來收購；我趁此機會將公寓脫手、讓孩子各自分家，又在附近買了間小公寓與老三、老四棲身。不久，他們也結婚了，此時老大則因股票投資賺了些錢，買了第二棟房子，並要我去住。老三、老四的小孩出生後，我也幫著他們照顧了一段時間；後來身體不好，二年後手疾復發，媳婦體諒我，便將小孩送進幼稚園。我正式開始了退休生活。

退休生活

不用照顧孫子的生活，整個人像洩了氣的皮球一般缺少寄託；白天看電視、報紙、上市場，清閒過日子。

有一天，弟媳來訪，看我發福不少，便問我日子過得如何？我告訴她，目前無事一身輕，所以心寬體胖。她問我要不要跟她一起到長青學苑上課？沒想到，這一去，我竟然在那裡找到了退休生活的重心。——每天帶著飯盒搭公車，快樂地上學去；報名英文課，完成學英文的夢想；爲了知道「牛肉麵」的英文怎麼拼，打電話問孫子，孫子直誇我厲害。

在那裡，看到許多老人，雖然生命已經快到盡頭，仍然散發著光和熱，就像老樹，即使葉子已經掉光了，但依舊努力吐出新芽。看著身旁的同學有一段時間沒出席，問問旁人，同學告訴我，他已經往生了，我希望我也能這樣快樂安詳地離開人世。

去年，老公二次中風送入加護病房，一直昏迷無意識，待生命跡象穩定後便送至安養中心，至今已經一年半。看著他那日漸枯槁的身軀，我想，現代醫學如此發達，讓人類的生命得以延長，但如果是像這樣活著，延續而來的生命又有何意義呢？只因孩子不忍便要接受病痛的折磨，直到身體放棄自己嗎？

我向上天祈禱，如果能夠選擇，我希望不要讓病痛折磨太久；現在的我只覺得多活一天就是撿到，用這種心情過日子是一種快樂。看著兒子事業有成、孫子健康、每個孩子的家庭平順圓滿，這就是我一生最大的福分，也是我該退場的時候了。

作者簡介

（依作品於書中發表順序排列）

輯一　劬勞・慈顏

洪秀薇

一九五八年生於澎湖。

民國四十七年，我在澎湖出生，在澎湖的藍天、大海、浪濤聲中長大。

沒有一技之長、沒有漁船討海的父親，我們家十幾口，只靠種田微薄收入度日。

爲了改善家庭，十六歲時我被迫放棄升學，第一次離開故鄉澎湖，到高雄加工區的電子廠工作，後又到桃園紡織廠當女工，直到結婚後定居台北。

年少未完成的學業始終讓我耿耿於懷，好在兩個女兒長大後又得到先生支持，我在永和社大修完一百二十八個學分圓夢，同時也在這裡接觸蒲公英、外台會的寫作班。

現在我依然在永和社大上課，並在永和社大做過幾年志工老師，帶外籍配偶上中文班，學習中文、認識台灣文化。

微光

本名王新慧，一九五一年出生於台北，祖籍湖南省衡山縣。

從小成長於台南崇誨新村，眷村生活中，大家發揮守望相助的精神，在我的生命裡留下美好的回憶。現居住台北文山區。四年前從中華電信退休，自幼對寫作有興趣，如今退休，參加外省女性生活寫作班，再次提筆投稿，充實我的生活，一旦文章被錄用，深感莫大的鼓勵，也是人生一大樂趣。

曾璉珠

一九四二年生，廣東省梅縣人。

我——一個平凡的女子，父親爲校級軍官，母親擔任醫院護理長一職，尙在懵懂之時便失去了親愛的母親，「媽媽」成了我最難以開口的「稱呼」。二十歲左右，情竇初開，便認識了「帥氣逼人」的老公，毅然決然地套上「婚姻」的枷鎖。可能是經過「品管」吧！先後生下了比我「正點」的一女一兒，算是典型的「壞竹出好筍」，但我老公說是他這個「工程師」好，並非我這個「工廠」好。一生乏善可陳，但熱愛生命，走過的歲月，對我來說，已是雲淡風輕，今後的我要健康快樂地度過每一天。

潘幗華

一九七四年生，祖籍江蘇省鹽城縣。

年輕時的母親總瞞著外婆去看愛看的電影，現在母親嘴巴則會碎碎唸，說要請位大導演將她的故事拍成電影。我希望能完成她的願望，但我不認識大導演也沒錢拍電影。只好藉由文字來試試看，希望記錄辛苦的母親在特殊的時空背景下，與外省父親的相處及之後獨自一人扶養子女的過程。也希望記錄無法與另一端剪不斷的親情聯繫的父親來台後的一路遷徙。從父親遺留的物件中看得出，思念家鄉而不得回的苦悶心情，而能與家鄉親友取得聯繫，是父親最終所盼望的吧！我，從文字中回溯時光，體會父母親當時的心情，體驗他們是如何走過那樣不確定的年代。

闕美華

一九七一年生，台南縣人。

我生於台南，也任教於此。對於首次要出版論文之外的作品，到底是以眞名還是筆名型態出現讓我頗爲掙扎，廣告說「認眞的女人最美麗」，既然連照片都曝光了，索性就以本名示人吧！工作之餘，我喜歡塗寫、亂畫、縫補、種花草自娛，面對拙作即將付梓，著實很想大大修整一番，但轉個彎，就當作是爲不成熟的自己留下些註腳！另外，還有更多有關於我探索及成長的軌跡，歡迎蒞臨我的部落格參觀指教！

http://tw.myblog.yahoo.com/jchiueh

畢珍麗

一九五六年生，祖籍山東省。

一個步入中年才開始喜歡看書的人，看到好的隱喻就像是尋到寶似的開心；也是到了中年開始愛碎碎唸，於是就找一枝筆胡亂寫呀！

這一切可不是閒得發慌突發奇想喔，而是我想爲自己編一個夢！曾經有幾次把心情轉換成文字，又在報上相見，那種受寵若驚的喜悅凡親身經歷的人都知道。我有幸品嚐過，於是夢悄悄地播下了種子。

芳芳

本名鄒元芳，一九六○年出生於台北市，祖籍江蘇省阜寧縣。

二○○五、二○○六、二○○七、二○○八、二○○九、二○一○——蒲公英花已盛開了六個年頭。原本以爲，「文學」這一塊會成爲沙漠。孰料，這綻放在沙漠中的蒲公英，卻一年比一年更爲燦爛。

六歲，開始唸三字經、唸唐詩、宋詞。十五、六歲，便看了《紅樓夢》、《水滸傳》、《飄》、《老人與海》。不爲別的，只因爲我喜歡中國文學。

喜歡「君不見黃河之水天上來，奔流到海不復回」的磅礡之氣。

喜歡「滿紙荒唐言，一把心酸淚，都云作者癡，誰解其中味」的「美」與「怨」。

文學之美，在於它如同寶藏般，永遠無法滿足；如吸毒般，是會上癮的。

願！蒲公英永遠綻放！

鳳妮

本名陳嘉德，一九二六年出生於河南省汝南縣官莊鎮。

一九三八年從因抗日戰爭而淪陷的家鄉逃亡到四川省，

在戰時兒童保育院小學畢業。一九四〇年進入國立西康學生營初中部，讀了一年初中。一九四二年努力自修，考取高中。一九四五年高中畢業，考進國立同濟大學醫學院就讀。一九四九年醫學院四年肄業，因戰亂離校來台，失學。

曾服務於空軍僱員、補習班教師、私立醫院等。

林寶桂

宜蘭縣羅東鎮人。

祖籍宜蘭縣羅東鎮，後嫁湖北人爲妻，因此身分證上註明「湖北人」。寫這篇文章，一是思念早年守寡的母親，那是困苦的年代；二是回想在那種艱澀的環境裡生活，我們依然長大成人，可見人的韌性是無限的。我們在隙縫中掙脫出一條路，跟著母親東徙西食，而沒有變壞。現在的人跟以往不一樣，我願意在純樸的社會再走一趟，謝謝老天爺讓我來世間逛逛，回去時無憾就是。

麥莉

一九五二年生，祖籍廣東省中山縣。

我是國小老師，是四個孩子的媽，也被永和圖書館選入永和的在地作家。大學畢業於國立政治大學，研究所畢業於東師兒童文學研究所。曾獲得《國語日報》童話第二屆牧笛獎佳作、《民生報》二〇〇〇年童詩、兒歌兩項佳作、二〇〇三年文建會兒歌一百國語類佳作、二〇〇四年文建會文學獎童話類首獎、二〇〇七年教育部藝文創作戲劇類特優，二〇〇八年全國線上閱讀台北縣教師徵文：國中組少年小說第一名、國小高年級生活故事第一名、國小中年級生活故事佳作，二〇〇九年全國線上閱讀台北縣教師徵文：國中組少年小說第一名、國小高年級生活故事第一名、國小中年級生活故事佳作，二〇〇九年全國線上閱讀教師徵文：國小中年級生活故事全國第二名。

陳瑞嬌

一九五一年生，屏東縣人。

我相信我一定是在家族人的歡呼聲中降生的。我的父母是家族中同輩之間的長子、長媳，而我繼兩位兄長之後，也是我這一輩的長女，緊接在壯丁之後的嬌嬌女，家人的喜悅自不待言。而一個飽受關愛及灌溉的生命，若不能開出燦爛的花朵，那是對環境的虧欠。基此感悟，我總期待回饋家人的溫馨；而在長年教學生涯中，無論身爲教師、主任或校長，我都努力給學生、同事、甚至家長們最多的服務。退休兩三年來，我參與社區、團體活動，希望分時間、分心力給周邊人群，略盡棉力。當然我最慶幸的是能常常陪伴風燭殘年的父母，貪心的企圖將緣分拉到最長。

孟訥

本名余少蓴，一九二八年出生於浙江省溫州市。

民國三十五年隨家人來台，曾任職於台灣省長官公署及省政府；三十九年長子出生，即辭去工作成爲專職家庭主婦；五十二年再任公職，至屆齡退休，即移居美國東岸波士頓。八十八年開始以「孟訥」爲筆名，投稿北美《世界日報》副刊。九十三年回台定居，九十四年參加外省台灣人協會蒲公英寫作坊；由於身爲第一代外省台灣人，因此多半書寫外省人來台遷移過程，以及族群融合經驗，刊載於外台會歷年出版專書。民國九十八年並出版個人八十選集《昨夜微雨》一冊。

江德怡

一九六二年生，高雄縣六龜鄉人。

出生於高雄縣六龜鄉，在高雄市住了近三十年，有一個幸福美滿的家。一家四口喜歡邀約好友家庭，一起出外旅遊，親近大自然，足跡幾乎踏遍全省和許多國家；和興趣相投的朋友共同成長是非常令人喜悅的。除了旅遊，還喜歡閱讀書報、看電視、騎腳踏車、練氣功和做手工皀。我很感謝媽媽生下我，給我良好的身教和言教的楷模，讓我可以把家庭經營得快樂美滿，有一份穩定的工作可以在這個社會上安身立命，生存得那麼安然自在。希望以後能有機會把自己和身邊親友的故事都慢慢地寫出來。

張慧民

一九四九年生，祖籍江蘇省東海縣。

一九四九年在上海誕生，那烽火連天的歲月裡，流離失所在兵燹裡的橫屍遍野；血腥的年代，苟存在溝壑間的生命，如蜉蝣般飄蕩於天地。

一九五〇年五月二十日抵達台灣基隆港，襁褓中不知世事多艱，貧無立錐處的雙親，和著一起逃難的鄉親，在荒蕪的土地上，搭建了聊避風雨的瓦舍。在陋巷裡的日子，我們成長，雖浸染於父母的母語，也學會了另一種語言，增強了溝通能力。直至一九七〇年購置中和的寓邸，雙親才眞的有了安身立命之所，走過許多風雨飄搖的日子，對那個年代更增幾許疼惜與惆悵。

星星

本名王嘉鑫，一九六七年生，台南縣人。

多想要有一個抒情蘊藉的生命，含蓄在天地之間，沒有冗長的挫折和傷痛，那麼，我願意失去「名字」，靜靜地羽化。

也許我注定來世一遭，在淚雨之日，串一串剔透的彩珠，夜裡成星，伴無意成眠之人。看，星芒溶在風中穿梭於曦晨，依窗的影如故，夢醒了嗎？還是依舊無夢？「昨日」，我不想再問。文字如音樂響在心裡，只是拍子還未恰時，哼不出，寫寫罷了。

郭碧桐

一九三四年出生於廣東省大埔縣。

民國二十三年出生於廣東省大埔縣，在成長過程中，國家遭逢戰亂。三十四年日本投降，結束八年抗戰後與父母團聚。三十六年舉家來台而定居至今。先父服務於台糖公司，曾任廠長及總公司農務處經理等職務，爲國家爭取外匯，也爲養育我們這一代付出心力，完成我們兄弟姊妹之學業。

我生性愛好藝術，故國畫及書法便成爲生活的一部分。曾多次參加個展，九十五年出版國畫集一冊。最近一兩年來，也曾在各大醫院及學校巡迴展出，有機會讓病患及他們的家屬精神愉悅，是好事一樁。我也愛好文學，抱著終身學習的態度及心情，在「永和社大」參加寫作班，希望往後能寫出更動人的文章。

崔翔雲

一九五〇年代出生，祖籍河南省新鄉市。

再拾筆，已是暮年時，然筆下仍能繪出一篇篇字采，這是始料未及的事。機緣下，接觸了文字，發現自己有夢未圓，而我竟是有故事的人時，多想留住滿腦子的夢啊！

白天在醫學中心從事臨床精神醫療工作，職場上是位資深護理師，先後榮獲全國精神護理績優人員及院內多次模範護理人員表揚。下班後脫下白色工作服，提筆將人間的生老病死，以詩、散文等方式行以文字，作品曾刊登《中國時報》、《青年日報》、《幼獅文藝》及《世界日報》等，也因此對寫作產生了興趣。人生不是一個夢環扣住另一個夢嗎？

常說，我在經驗人生。

在人生這場大夢裡，除了扮演女兒、姊妹、妻子、母親、護理師外，更希望能在寫作上扮演好作者的角色。

如斯人生，足矣。

【輯二】念戀・滋味

蔡怡

一九四〇年出生於屏東東港，祖籍山東省。

台大中文系學士。美國印第安那州 Butler University 教育碩士。密西根州 Wayne State University 教育博士。

曾經想研究甲骨文的我，爲愛走天涯，到美國求學工作，生活十六年。回台灣後，從事英語教材編寫及師資培訓工作。進入私人企業的權力核心，廝殺搏鬥十五年。現在，我只想沉澱自己一路走來的人生，安心寫作，用心生活。人生百味，有酸甜、亦有苦辣，很希望用文筆記錄下自己一路走來的心情故事，免得白作浮生大夢一場。

丁凡

本名金甌，一九五五年出生於台北市。

父親是生在北京的滿洲人，母親是生在河南潢川的漢人，我是生在台北、長在台北、住在台北的地球人。我喜歡人心人性良善的一面、喜歡美麗的事物、喜歡藝術和戲劇；喜歡走路、騎腳踏車、看電影，喜歡嘗試一切新鮮的事物。我的部落格是 http://balas.typepad.com/，歡迎大家來看看。

周蘭新

一九五一年生，祖籍湖北省京山縣。

周蘭新是我的本名，總筆劃雖吉凶參半，想到父親命名的苦心，感謝父母的教養，從不敢有更名的念頭。

曾任職於私立高中，民國九十四年爲了專心照顧生病的妹妹而退休，目前日子過得閒適自在。

從小生長在鄉下，童年很辛苦，現在回想起來卻是無比的甘甜。

每一篇故事都是眞實的敘述，主角的姓名略做更改，以免傷害當事人。

有機會想將自己的一生記錄下來，讓後世子孫瞭解祖先初到台灣的生活片斷。

【輯三】時光．曾在

王少芬

一九四三年生，天津市人。

一九五一年～一九六二年，小學到高中畢業。

一九六二年～一九七一年，於南開區工商局任協管員。

一九七一年十月～一九八八年，擔任天津市第二煉鋼廠運輸科幹部，負責勞動工資及運輸成本核視。

一九九八年九月，正式退休遷來台灣定居至今。

逝去的歲月，歷經風風雨雨，多少心酸與無奈。只有金色的童年，仍徜徉在時光隧道中，依然美好無比。今日，活在上帝的恩典中，祂會牽著我的手，一步又一步，邁向永生之路。

翟永麗

一九五二年生，祖籍河北省廣平縣。

從軍旅出身的父親身上，我學會堅毅；從刻苦耐勞的母親身上，我知道努力的重要。終身受用於母親的告誡：「只有用功讀書，才有出人頭地的一天。」

駑鈍如我，孜孜矻矻，才能一路順遂讀師範，當老師以獲得安穩且不虞匱乏的生活。從而考主任、考校長，國中、高中校長一路走到退休，我始終以身爲外省第二代爲榮，因爲這樣的出身，造就我多彩燦爛的生命與生涯。

盧遠珍

一九五一年出生於台北馬偕醫院門口，祖籍安徽省懷遠縣。

老公說我：有夠笨，笨到人家把妳賣掉，還幫人家數鈔票！

老友說我：熱情而不矯情，友善而又淡然。

志工夥伴說：急公好義，但是翻臉跟翻書一樣！

女兒說：老媽這年頭，少當正義之聲，黃牛妳也敢管！

五十歲提早退休，在人生的轉彎處，進入重新歸零的學習，邁入銀髮數位生涯！

劉菊英

一九四九年生，新竹縣人。

我是年過半百且喜歡學習的客家人，感謝上帝帶我認識耶穌，信主後得到許多牧師們的幫助，教我做人處事的道理，並訓練我當主日學的老師；在主日學裡，和孩子在一起成長是我的最愛，當老師更是我的夢想。

婚後上帝再次帶領我，讓我有幸到托兒所任教，自從進入了幼教領域，更發現自己的學識不足，爲了不誤人子弟，便懷著探本窮源的心情，鍥而不捨的精神，半工半讀苦讀數年終於完成大學學業。

感謝上帝圓了我當老師的夢，雖然年過半百，有如夕陽西下；但其餘暉仍然燦爛，我會把握剩下的每分每秒，將我所有的經驗傳承下去。

【輯四】行囊．細語

艾妮

本名張麗娥，一九五七年生，台南市人。

喜歡發呆和作夢，因爲發呆作夢而寫下了一些故事，這些小故事發表於《府城文學》、《南瀛兒童文學》、《高雄黑暗之光》、行政院散文和小說、勵馨散文、《聯合報》極短篇。散章和童話流浪於各報，曾於《中華日報》發表中篇連載小說，愛情小說長篇二十餘本，最近發表散文〈解籤〉一文於《福報》。

丸子

本名張齡文，一九七二年出生於桃園內壢。

台灣長期的異文化融合過程，讓台灣人擁有寬廣的包容性格，這個特質展現在每個家庭成員的組合裡。無論來自哪個國家、哪個種族血緣，都能成爲家人，在台灣一代延續一代。有人憂慮大批的新移民母親會稀釋台灣的血緣與文化，其實是矛盾與多慮了，因爲台灣從過去到現在一直是多種族／文化混合的，混合過的樣貌就是如今的台灣特色，這些新移民母親正在爲台灣特色添加新元素，我們的後代還會有更精采的故事可聽哩！

【輯五】顧盼・佳人

任翠麗

一九五五年生，祖籍福建省惠安縣。

我的家鄉在新竹市，是在台灣出生的外省第二代。曾在台北半工半讀三年，考上公職，工作兩年後請調至南部，於屏東結婚、居住，後遷居高雄至今二十六年。喜歡旅遊、閱讀書報、看電影、聽音樂、終身學習。四年前，從高雄港務局退休，上了社區大學「寫媽媽的故事」課，將母親的生平寫出來。爲了留下外省媽媽的故事，我訪談住在眷村的吳媽媽，如實寫下她精彩的一生。寫作路上，我還蹣跚學步中，能夠入選，眞是莫大的鼓勵。

靜萍

本名徐菊人，一九二六年生，浙江省東陽縣人。

一年五班的我，是浙江省東陽縣人。喜歡看看寫寫，當過老師，也曾在公家機關任職。來台灣後住過高雄，也住過台北，租房買屋，也住過公家宿舍；左鄰右舍各有特色，所以寫了〈鄰居〉這篇文章。

陳明月

一九三七年出生於台北市。

出生於日據時代末期的台北市郊北投，生於斯長於斯。中學畢業不久，認識駐防住家附近的河南省籍憲兵軍官並結爲夫婦，婚後育有二女二男，現皆已嫁娶。在台北眷村生活了二十二年，後眷村改建，遷居新店迄今。

閱讀文史和藝術方面的書籍是我的最愛，閒暇時也參加社團活動，並在國立空中大學修得人文學士學位。此外，熱愛旅遊，又因兩女分別在歐、美就業定居，加以幼子是國際旅遊線的專業領隊，得以更有機緣常到歐、亞、美遊歷，充實了我的人生經驗，也拓寬了視野。希望繼續培養寫作能力，爲過往人生留下紀錄，並盼以小見大，能爲外省台灣婦女這幾年的生涯變遷，留下雪泥鴻爪。

【附錄】生命・留離

阿諾

本名翁秀嬋，一九六三年生，廣東人。

翁山蘇姬的父親被暗殺的第二年（一九六三年），阿諾生於緬甸仰光，祖籍廣東省。

從緬甸到台灣、從台北到台南，曾經直接或間接面對過無數次的族群隔閡、文化差異的衝擊，以前常常問自己：「爲什麼被欺侮？爲什麼要移民？」自從和老公帶著孩子深入台灣高山，向美麗的山林學習尊重和包容，對於台灣這個島嶼，阿諾產生特別的敬意，謝謝爺爺奶奶和爸爸媽媽，帶我移民到台灣。

黃鳳英

一九六六年生，高雄市人。

五年級中段班，熱愛自助旅行，因從旅遊中發現世界那麼大，每個種族因語言、飲食、文化差異呈現著不同的樣貌，而改變我的人生觀。

我眞的是這五十年來台灣文化「混搭」的一種代表人物，純種台灣人童年住在左營海軍眷區附近，受外省文化薰陶成長，成年後卻當了客家媳婦，這三種不同的文化讓我學會包容，也從中體會出這三種不同文化的特性。

【編後記】

誰說，「我們」的記憶不算數……

趙慶華

書稿即將付梓的此刻，照例，編者要留下隻言片語，銘記這一路上的點滴；我想起的，都只能是些片段：與外台會的結識、加入「蒲公英寫作坊」的過程，以及，一張又一張，樸實無華的容顏。與她們的照面，或在教室課堂，或在成果發表會場，也或者，只在心事幽微、詞藻沉潛的字裡行間……。

＊

究竟，「外省」意味著什麼？濃重的鄉音、本質的血緣基因、共有離散失根的經驗，還是，一種固著的意識形態？這樣的詰問，恐怕不僅存在於和我一樣同屬「外省鄉親」的心中，也可能存在於許多「非外省」心中；而「外省」和「非外省」的界線，又在哪裡？二○○六年春天，經當時任職於中研院社會所的范雲老師引介，我走進座落於善導寺附近、隱身在狹仄巷弄間、一間略顯老舊而雜亂的辦公室；還記得午後的陽光白花花地灑進室內，耳邊聽聞當時的執行長叨絮不已的各項業務推展計畫，那明朗親和的光景，極具吸引力地諭示了我與外台會相遇的因緣際會。此後，在學院高牆、書頁史冊之外，有一條通向解答自身困惑的甬道在我面前開啓，在這裡，可以輕鬆行走、大口呼吸。

彼時，第一期「蒲公英外省女性生活史寫作工作坊」已經熱鬧滾滾地在台北市幾所社區大學開班，並獲得廣泛好評和熱烈迴響；畢竟，打造一齣由向來沉默壓抑慣了的「外省女性」擔綱主演的大戲，妝點以紙、筆、語言文字，把她們推上專屬的亮麗舞台，秀出傷痕累累的靈魂、展示不爲人知的心靈角落、重現即將灰飛煙滅的生命記憶，即使不是頭一遭，也絕對算得上是新鮮大膽的創舉。有了叫好又叫座的如潮佳評，深具遠見的專責人員幾乎是立刻決定要將此成功經驗往中南部推廣，希望透過更爲立體且層次分明的角度，深入挖掘並保留其他地方「外省女性」的眞實聲音。於是，自二〇〇六年九月起，除了深耕台北，「蒲公英」的種子也開始往南台灣飄降播灑。

由於賃居府城、具地利之便，我成爲外台會在台南社區大學開課的先發部隊，擔任第二期寫作班講師；接著，還陸續網羅了許多活力與熱忱兼具的師資，發展巧思與創意，對課程的設計安排迭出新招。從靜態文字變成動態肢體，從書寫自我變成展演自我，從書面文字成果集結變成生命故事劇場搬演……，幾位老師活潑細膩而又深刻動人的指引，點燃了婆婆媽媽姊姊妹妹們寫作的熱情與自我表述的渴望。過程中，一同學習聆聽與分享，一同在他人的故事裡流自己的淚，也一同見證一株稚嫩的蒲公英，如何日漸茁長，含蓄地開出璀璨絢目的花朵。這分美麗，我但願，能夠將之獻給幾年來曾經帶著深切期盼與多元想像踏進這片園地，並在最後滿載豐腴甜美果實而歸的所有的「我們」——《混搭》，就是一本向「我們」致敬之書，它所訴說的，是「我們」的故事——一群來自五湖四海好江湖的「Women」的故事。

*

當人生從那岸過渡到這岸，當我們一方面與原生的根著連結失散斷裂，另一方面，與嶄新陌生的人事物有所相遇、有所磨合；「混搭」的人生，就開始了……。

接續在前兩冊作品集之後，二〇〇七年底，以「混搭」爲書名進行擘畫構想之際，曾與外台會的師長成員有過幾番意見交換——

成令方：「標題『混搭』很吸引我們這樣的知識份子，但我擔心從宣傳的效果而言會讓很多民眾摸不著頭腦。」

張茂桂：「我覺得『混搭』因爲是新詞（可說是起源於中國大陸的時尚界的翻譯嗎？），就宣傳來說，蠻有吸引力的（eye-catching）。……過去的族群關係的同義詞是，融合、混雜、多元等；但是因爲用得太多，反而沒有吸引力了。現在把『混搭』的比喻引伸到族群關係，符合有個人認同，個體性表演、個人感受的主張的強調，適合文學書寫場域的作者表演，也可能有助於化解討論族群關係的『語言結構主義』（族群類型化）的問題。」

范雲：「混搭應該是"mix and match"的中文翻譯吧？起源是西方的室內空間設計美學或時尚，……以這個詞彙來詮釋族群多元的眞實經驗很有新意，內容也很活潑。」

說眞的，我並不了解，從宣傳的眼光看來，「混搭」這兩個字的賣點到底如何？而撇開學術語彙的操作型定義不論，回歸素樸的常民語言，「混搭」，其實不過就是生活的如實樣貌和具體實踐；它既可能指涉不同衣著風格的搭配，也可能是飲食氣息、居住空間、腔調口音、血緣基因、族屬群體的摻雜與互動，相互影響，彼此滲透，即使是原本不協調、不一致的，時間久了，也就自成一格，別有風味。據此，在眷村、在客家小鎭、在原鄉部落……，人和人、群體與群體，都已成爲「混搭」的產物，不僅是外在表象的轉換，更是內在眞實的質變。如果要問，參與外台會乃至蒲公英寫作班的相關事務讓我學習到什麼——「解構並顚覆了對『外省』本質而偏狹的想像」，毋寧是最深刻的啓發。

緣於這樣的體會，越到近期，「蒲公英外省女性生活史寫作坊」越廣開大門，不但招收「非外省」的女性學員，甚至，連男性學員都「混」了進來。同樣的，在《混搭》的編輯方向上，也呈現了如前所述對族群關係的謙卑反省與重新思考：不以「單一純粹的外省元素」爲核心主軸，而是將「女性」作爲最大公約數，希望藉由「女性書寫女性」，匯集不同族群、不同世代、不同地域的女性經驗，將看似相近、實則迥異的生命圖像相互拼接，盡可能展現異質的女性樣貌、突顯庶民女性的聲音，勾勒出一則屬於「我們／Women」的故事。本書最早將第三期寫作班學員鎖定爲作者群主力，由於編輯作業的延宕，致使徵稿範圍一再擴大，從原先的第三期增加到第四期、第五期，最後，甚至連第一、第二期的學員也都成爲徵稿對象；從某種程度上來說，堪稱「混搭」的明確佐證。

*

寫到這裡，不免要一一唱名致謝，對那些在本書出版過程中給予無數溫暖善意與傾心相助的朋友。首先，當然是長期以來辛勤耕耘「蒲公英」園地使之生生不息的外省臺灣人協會——前後任理事長張茂桂、李廣均始終對此計畫大力支持；計畫主持人范雲、成令方則每每站在「女性觀點」提出趣味盎然、別開生面的發想，而她們永不吝惜對後生晚輩的讚許肯定，總是發揮積極有效的鼓舞作用。此外，還有辦公室的夥伴，包括已經離職的黃洛斐、陳一如和現任秘書長周思諾、專案負責人吳宜軒：謝謝洛斐的信任與重託，謝謝一如在規劃初期提供的協助，更謝謝宜軒一直以來對我的耐心十足，不但忍受了我的忙碌和拖延，還一肩挑起繁雜瑣碎的文稿彙整、行政聯繫事宜，讓我可以不受打擾地專心於編務。

其次，謝謝印刻出版社在繁忙的出版業務中，照顧本書出版時限的需求。多年來，印刻出版社對外台會的計畫總是全力支持、鼎力相助，已然成爲與外台會並肩合作的夥伴；謝謝責任編輯施淑清在編輯流程上的相關提點，淑清行事的高效率絕對是本書得以準時出版的關鍵因素，而她細膩妥貼、大方接受我諸多未必成熟的建議與意見，更讓我銘感於心；美術編輯陳文德爲了呼應書名「混搭」，設計出與前兩冊作品集大異其趣的版型封面，讓《混搭》有了獨特的風格與姿態，作爲編者，對此，覺得十分幸福。此外，外編胡蘊玉是成大台文所博士班的學妹，雖然並不熟識，但我知道她亦長期對外省女性、眷村文學抱持一份熱切的關注，而今，有機會共同合作完成《混搭》的編輯出版，實爲難得的緣分。

最後，不能不提前兩冊作品集主編廖雲章、鄭美里，她們兩位都是報刊媒體、出版編輯界的老將，也曾經擔任「蒲公英寫作坊」的講師；二〇〇六年，在外台會所舉辦的「女性生命史寫作師資培力工作坊」，我們曾經有過短暫的交會，而今，在其所奠定的厚實基礎上，接下編輯的棒子，要謝謝她們的開創與累積。當然，更應慎重感謝的，是幾年來持續用心、用力、用情灌溉，讓蒲公英枝繁葉茂的寫作班講師；如果少了她／他們在學員身後搖旗吶喊、推波助瀾，這一本又一本的作品集恐怕是難以爲繼；就我記憶所及，除了雲章、美里，師資陣容還包括姜富琴、張輝誠、林淑玲、李淑君、秦嘉嫄、楊美英、王秀雲、焦婷婷……等人；對於肩負課堂記錄重任和班務的隨堂助教和班代們，在此也一併致意。

最後的最後，這篇文字，終究還是要聚焦於本書的主角——一群「我們」，因爲，這是我們的故事、我們的生命，我們的書。

*

生命史的書寫，從來是深刻而艱難的一頁；一旦翻啓，就必須與自己的根源相遇，與過往諸多難以釐清的愛恨情仇素面相見；生命中那道禁閉已久的閘門將被迫開啓，所有無從言說的糾葛、不堪……，統統傾巢而出，一同伴隨前來的，通常還有眼淚，大量的眼淚，但那也會是理解的、同情的眼淚吧！我如是期盼著。

在大時代的洪流沖刷下，小人物的悲喜往往不值一提，難道「我們」的故事有什麼特別之處？否則，鋪展「生命史」究竟爲了什麼？

或許是，爲了再平凡的生命也有其強悍的根柢，爲了讓先人步履艱難的足跡不至於在時間之流中被淘洗殆盡，總還能留下一點點什麼；憑藉著這一點點「什麼」，我們便得以不至於流離失根、無所歸依。書寫，讓人找到一個安頓自身的位置；文字的再現，以及記憶的追索、回溯與重新編織，則讓時代的遞嬗與生命的傳衍，顯得清晰而有力量了起來。而那，又何嘗不是一種自我救贖與和解！

所以，謝謝每一個「我們」的故事，讓所有人都聆聽並見證了生命的重量；彷彿來自遙遠空谷的迴音，那些「我們」筆下的「Women」，在一字一句、緩慢卻擲地有聲的敘說裡重新活了過來。我們因此知道，我們不是輕如鴻毛的飛絮，獨自飄零，我們的腳下，有她們的生命做爲基石；我們是站在她們的肩膀上，更高、更遠，也更遼闊地，凝視著這個世界。

INK PUBLISHING

文學叢書 265

混搭：我們(Women)的故事
——跨族群、跨地域、跨世代的女性生命書寫

策劃者	外省台灣人協會
編者	趙慶華
總編輯	初安民
特約編輯	胡蘊玉
美術編輯	黃昶憲
攝影	胡蘊玉
校對	胡蘊玉　趙慶華

發行人	張書銘
出版	INK 印刻文學生活雜誌出版有限公司 台北縣中和市中正路 800 號 13 樓之 3 電話： 02-22281626 傳真： 02-22281598 e-mail : ink.book@msa.hinet.net
網址	舒讀網 http://www.sudu.cc

法律顧問	漢廷法律事務所 劉大正律師
總代理	成陽出版股份有限公司 電話： 03-2717085（代表號） 傳真： 03-3556521
郵政劃撥	19000691 成陽出版股份有限公司
印刷	海王印刷事業股份有限公司

出版日期	2010 年 7 月　初版
ISBN	978-986-6377-89-1

定價　300 元

贊助出版　財團法人|國家文化藝術|基金會 National Culture and Arts Foundation

國家圖書館出版品預行編目資料

混搭：我們（Women）的故事
——跨族群、跨地域、跨世代的女性生命書寫／
趙慶華主編．－－初版，
－－臺北縣中和市： INK 印刻文學，
2010.07　面；　公分（文學叢書；265）
ISBN 978-986-6377-89-1（平裝）

855　　99011710